今日から貴方の妻になります
～俺様御曹司と契約からはじめる溺愛婚～

冬野まゆ

Mayu Touno

目次

今日から貴方の妻になります
～俺様御曹司と契約からはじめる溺愛婚～

プロローグ　プロポーズは星の瞬く下で

「水谷乃々香、俺と結婚しないか？」

仕立てのいいスーツに身を包んだモデルかと見紛うような見目麗しい男性が、真っ直ぐに自分を見つめ、プロポーズの言葉を口にする。

年頃の女性として、そんな状況に心ときめかないわけがない。

――だけど、これは違う……

乃々香は、そっと自分のこめかみを揉んだ。

食品販売メーカーに勤務する乃々香は、今年で二十四歳になる。

この年齢になるまで恋愛経験のない自分を残念に思うところはあるが、心がときめく相手に出会えていないのだから仕方ない。

ただそんな乃々香にも結婚願望はあるし、プロポーズは、是非とも最高のシチュエーションでお願いしたいと思っている。

例えば、夕陽で水面が煌めく海岸、もしくは百万ドルの夜景や満天の星が輝く丘といった美しい景色の中で、運命の恋人が自分に跪き生涯の愛を誓ってくれるとか。

もしくは、数年間付き合った恋人に、自然な感じで『そろそろどう？』とアプローチされるのも悪くない。

ただ、どちらのパターンにたどり着くにしても、自分の願いを叶えるためには、まずは恋人を作るところから始めなくてはいけない。それを承知しているだけに、一足飛びに見目麗しい男性にプロポーズの言葉を囁かれても対応に困る。

「で、アンタの返事は？」

受け入れ難い状況に頭を抱える乃々香の向かいで、優雅にソファーに背中を預ける男性が問いかけてきた。

長い脚を持て余すようにして座る彼を、乃々香は上目遣いに観察する。

スーツの袖口から覗く腕時計は、知識の薄い乃々香でも知る、最低価格で七桁から始まる高級ブランド品だ。

豊かな黒髪をワックスで無造作に遊ばせている前髪の下から覗く眉は形良く整えられていて、瞳には傲慢さを隠さない強気な情熱が滲み出ている。

スッキリと形のいい鼻筋に、薄い唇、意志の強さそのままの切れ長の目。色気を感じさせるそれらのパーツが、バランス良く配置されている。そんな彼の顔には、理知的な輝きと共に、野心的な我の強さが見え隠れして、男性的な魅力が溢れていた。

──なるほどあの莉緒が熱を上げるわけだ。

三國享介。今年三十三歳になる、大手医療機器メーカーMKメディカルの御曹司である彼を間近で観察して、乃々香はそう納得する。

でも彼に熱を上げて結婚を熱望しているのは、従姉の木崎莉緒であって自分ではない。

乃々香は大きく息を吐いて姿勢を正すと、膝の上で拳を握り締めて口を開く。

「仰っていることがよくわからないです」

凛とした姿勢でそう返す乃々香に、享介は癖のある笑みを浮かべた。

魅力たっぷりな表情であるが、乃々香は胡散臭いものを眺めるように目を細める。

そんな自分の表情を真似るように、享介も目を細めた。癖のあるその笑い方を見るに、たぶんこちらの反応を楽しんでいるのだろう。

「言ったとおりだ。俺と結婚しないかと提案している」

冗談としか思えない彼の言葉に、乃々香は再びこめかみを揉んだ。

「三國さんとは、昨日お会いしたばかりだと思いますが……」

冷静に考えてほしいと、感情を抑えた声を絞り出す乃々香に、享介はイヤイヤそんなことはないだろうと首を振る。

「初対面ってことはないだろ。木崎総合病院の孫娘である君とは、これまでに何度かパーティーで顔を合わせている」

確かにそうだ。

普段は一会社員として質素で堅実な暮らしをしている乃々香だが、母方の祖父が総合病院の院長を務めている関係で、華やかなパーティーに出向くこともある。そうした場所で、彼と顔を合わせたことはあるが、本当にただ面識があるだけといった感じで言葉を交わしたことはない。

それに、問題はそこではないのだ。

乃々香は痙攣（けいれん）する頬を押さえ、穏やかな口調で確認する。

「三國さんは、私の従姉（いとこ）の婚約者ですよね？」

そうなのだ。

昨日、早くに両親を亡くした乃々香の親代わりを務める伯父の木崎盛隆（もりたか）の妻である木崎和奏（わかな）に、従姉（いとこ）である莉緒の婚約者を紹介したいと呼び出された。その食事会で、乃々香は享介を紹介されたばかりだ。

今日の彼からの呼び出しに応じたのだって、従姉（いとこ）の婚約者として話があると思い込んでのことだった。

それなのに、彼は運ばれてきたコーヒーに口をつける暇も与えず、『俺と結婚しないか』と宣（のたま）った。

――なにを考えているのだか。

じっとりと物言いたげな眼差しを向けていると、享介が不満げに目を細めて尋ねてくる。

「じゃあ聞くが、アンタには昨日の俺が結婚を受け入れているように見えたか？」

乃々香は虚空を見上げ記憶を巡らせる。

確かに昨日の食事会で、彼は終始不機嫌で莉緒と目を合わせることすら避けている様子だった。

「まあ確かに、でも家同士の結婚としては、珍しくないことですから」

大きな総合病院の院長の孫娘と、大手医療機器メーカーの御曹司。明らかに政略結婚のようなので、二人の間に温度差があっても仕方がない。

肩をすくめてそう話すと、享介は「家族にはめられたんだ」と唸った。

「俺は訳あってMKメディカルを辞めたいんだが、そのことについて話し合おうとしても、家族はのらりくらりと話をかわし、代わりに俺に見合いを進めてくるばかりだ。そんな埒が明かない話し合いが続く中、家族にレストランに呼び出されてみれば、木崎総合病院の院長家族がいたんだ」

そこで享介がこちらを見てくるので、乃々香は「ふむ」と頷いておく。

「すぐに家族にはめられたとわかったが、見合いかと思ったら一足飛ばしでアンタの従姉の婚約者として紹介されたんだよ」

ソファーの肘かけに頬杖をついてため息を吐く享介は、うんざりした顔をしている。

なるほど、それは確かに気の毒だ。でもだからといって、それが乃々香にプロポーズする理由にはならない。

昨日、莉緒は、享介のことを自分の未来の夫として誇らしげに紹介してきた。

子供の頃から虚栄心が強く、気位の高い莉緒は、生まれ持っての傲慢な女王様気質で、なかなか底意地が悪い。そして従妹である乃々香を目の敵にしている。

だからそんな莉緒が熱を上げている男性にプロポーズされたなんて知られたら、なにをされるかわかったものではない。

――関わらないのが一番。

くるりと思考を巡らせてそう結論付けた乃々香は、儀礼的に頭を下げる。

「先ほどのお話は、お断りさせていただきます。話がそれだけでしたら、私はこれで」

話を早々に切り上げ、乃々香は自分のコーヒー代を置いて立ち上がろうとした。でも乃々香がテーブルについた手に、享介は素早く自分の手を重ねてテーブルに縫い付ける。

プロポーズの場には不似合いな、剣呑な視線を互いに送り合うこと数秒、享介が目を三日月にして微笑む。

「俺と結婚すれば、アンタも面倒な縁談から解放されて助かるんじゃないのか？　それとも、いい年して親の脛を齧っているようなバカ息子と結婚したいのか？」

「う……っ」

その言葉に昨日から続く悪夢を思い出す。

昨日の食事会で結婚の話が持ち上がったのは、莉緒だけではない。何故か伯母の和奏から、莉緒のついでに乃々香の縁談も決めておいたと言われたのだ。

相手は、三十を過ぎても就職することなく、親の財産で遊び歩いているような人間で、堅実に生きる乃々香とは相容れるタイプではない。

「その件に関しては、きちんとお断りをしてきました」

どう考えても好感を持てない相手との縁談を『乃々香にピッタリの縁談だ』と言い張り、結婚に向けて退職まで勧めてくる伯母にも、その尻馬に乗ってはしゃぐ莉緒にも嫌悪の念を持ってしまう。

こちらの気持ちを無視して好き勝手に縁談を進められては堪らないので、乃々香は『結婚なんてする気はない』『結婚するにしても、相手は自分で決めるからほっといてほしい』と宣言して、食事会を途中退席したのだった。

思い出すのも不愉快である。

その話には触れてほしくないと睨む乃々香に、享介がやれやれといった感じで首を振って意地悪く笑う。

「あの親子が、アンタにどれだけの敬意を払ってくれる？　それを考えずに、あんな過剰反応を見せたら、かえってあの二人の加虐心を煽ったんじゃないのか？」

「……」

その言葉に血の気が引き、視界がぐらりと揺れた。

確かにそのとおりだ。

下手に反応しては相手の思う壺。普段は自分にそう言い聞かせて、無反応を貫いているのに、昨日のあれはまずかったかもしれない。

中途半端に腰を浮かしていた乃々香が脱力して椅子に腰を落とすと、享介は手を離してテーブルの注文票を持って立ち上がる。

「今日はとりあえずの挨拶だ。次に来る時は、もっとアンタの興味を引ける交渉条件を用意してこよう」

突拍子もない申し出をしてきた上に、余裕しゃくしゃくな態度が腹立たしい。

「三國さんは、女心というものをもっと勉強した方がいいと思います」

苛立ちからそんな台詞を吐いてしまうが、それさえも彼を楽しませるだけだったようだ。

「未来の花嫁のために善処しよう」

悪びれる様子もなくそう返した享介は、悔しいが華のある大変な男前である。

そう感じたのは乃々香だけではないらしく、周囲の女性がざわめいた。

注目されることに慣れている様子の享介は、周囲のざわつきを気にすることなく大股でレジへ向かい、二人分の会計を済ますとそのまま店を出ていってしまった。

取り残された乃々香は、ちらほら聞こえてくる「プロポーズされてた」「いいな」といった周囲の無責任な囁(ささや)きに、「あり得ない」と心の中で叫びつつ首を振るのだった。

1 プロポーズ・take2

ゲリラ攻撃のようなプロポーズの翌日、いつもどおり黙々と仕事をこなしていた乃々香は、朝から取り掛かっていたデータ整理にキリのついたタイミングで、大きく伸びをした。

乃々香が勤めるソレイユ・キッチンは、旬の食材をメインにしたレシピをデジタル配信すると共に、バリエーションに富んだ料理のミールキットを製造販売している。

そのため社員は、デスクワークの他に調理室で料理過程を撮影していたり、仕入れ先の新規開拓で地方に出張していたりと忙しく動き回っている上、今はちょうど分散して夏季休暇を取り始める時期に入っているので、オフィスはいつも以上に人がまばらだ。

乃々香は近くの席で作業していた同僚で友人の石原里奈(いしはらりな)にひと休みすると伝えて、休憩スペースへ足を向ける。

社会人二年目の乃々香は、まだまだ半人前扱いされることも多いが、会社自体が若いことと料理の手際のよさを買われて、色々な経験を積ませてもらっている。

そのおかげで、かなり充実した日々を送っていた。

——だから、結婚して仕事を辞めるなんてあり得ない。

握り拳を作って下唇を噛んだ乃々香は、一昨日の食事会を思い出した。

就職を機に実家を離れ一人暮らしを始めた乃々香に、疎遠になりつつあった実家の伯母から電話があったのは、食事会当日の朝のことだった。
子供の頃に両親を交通事故で亡くした乃々香は、大きな総合病院を営む母方の祖父母の家に引き取られた。そこには伯父家族も同居していたのだが、伯母の和奏とその娘である従姉の莉緒には随分と辛辣な扱いを受けてきた。できることなら、家を出てまで関わり合いになりたくなかったが、招待を受けて応じないのもそれはそれで面倒なことになる。
とりあえず食事会の場所が、前々から行ってみたいと思っていたレストランだったので、料理を楽しめばいいと自分を納得させて出かけたのだ。

「遅れて申し訳ありません」

あまり早く行って絡まれるのも面倒と、わざと少し時間を遅らせて指定されたレストランを訪れた乃々香は、案内してくれたスタッフが椅子を引いてくれるのを待ちながら小首をかしげる。

レストランの個室を貸し切りにしての食事会、乃々香が座る木崎家の側には、乃々香の他に伯父の盛隆と妻の和奏、その娘の莉緒が座っている。もう一人の従兄(いとこ)である拓実(たくみ)と祖父の姿はない。

二人とも医師をしていて、その多忙さを口実に和奏との関わりを最小限にとどめているので、こういった会を欠席するのは珍しくはない。

――おじい様には会いたかったな……

椅子が用意されていないということは、最初から出席する予定がなかったのだろう。もしかしたら、そのどちらかが急に欠席することになって頭数を揃えるために、急遽(きゅうきょ)乃々香を呼び出したのかもしれない。

「本当に、色々とだらしない娘でお恥ずかしい限りです」

木崎家の一番末席の椅子に腰を下ろした乃々香が膝にナプキンを広げていると、伯母が言う。

その言葉に乃々香の隣の莉緒が嘲り(あざけ)の笑みを漏らした。それで、「だらしない」と評されたのが遅刻してきた自分だと理解してため息を吐く。

無我の境地で、乃々香は長いテーブルを挟んだ向かい側を見る。そこには年配の男女が二人だけで、莉緒のフィアンセとやらの姿はなかった。もう一人分のセッティングがされているので、遅れてくるのだろう。

「私の夫になる人は、アンタと違って忙しくて遅れているの」

周囲を窺う乃々香に気付き、莉緒が尖った声で囁く(ささや)。

その声につられて視線を向けると、手の込んだ派手なメイクの莉緒と目が合った。ほっそりとした首筋を強調するVネックのドレスは、彼女のボディーラインを強調するタイトなものだ。人目を引くデザインだが、結婚に向けての両家の顔合わせの席で着るには官能的すぎるのではないだろうか。

そんなこと思いつつ視線を巡ら(めぐ)せると、意地悪な笑みを浮かべた伯母と目が合った。この伯母は、美容に対する意識が高く、同世代の女性よりもかなり若い印象を受ける。そして莉緒同様、こういう席には不向きな派手なドレスを身に纏っ(まと)ていた。

こちらの視線に気付いた伯母が、乃々香に向けてニッと口角を持ち上げる。

子供の頃から散々自分を目の敵(かたき)にしてきた彼女のその意地の悪い笑い方に、背筋に冷たいものが走り、なにやら悪だくみをされているのではないかと警戒してしまう。

その時、扉をノックする音が響き、「お連れの方がお見えになりました」というスタッフの声が続く。

そして扉の向こうから姿を見せた男性の顔を見て、乃々香は少しだけ驚きを覚えた。

三國享介。パーティーなどの席で時折顔を合わせる彼は、噂話に疎い乃々香でもその名前を知っているほど、人の目を引く存在である。

莉緒が彼に熱を上げていたのは知っていたが、いつの間に婚約まで漕ぎ着けたのかと素直に驚いた。

もしかしたら今日の食事会に乃々香を呼び出したのは、欠員補充のためではなく、意中の彼を手に入れたことを自慢するためなのかもしれない。

「これは……」

パーティーで見かける時に比べると洒落っ気のないスタンダードなスーツを品よく着こなす彼は、個室の入り口で驚いた様子で目を瞬かせ、乃々香と莉緒を見比べた。

そして怪訝な表情のまま空いている席に腰を下ろす。

彼と向き合う形になった莉緒は、ご機嫌な様子で姿勢を正してよそいきの微笑みを浮かべる。だが、その微笑みを向けられた享介は、相変わらずなんともいえないような顔で乃々香と莉緒を見比べていた。

「……?」

亨介の表情に、なんとなくだが違和感を覚えた。

今日は両家の顔合わせのはずなのに、当の亨介がこの状況を把握できていないように見える。

なんだか、自分の婚約者がどちらなのかすらもわかっていないみたいだ。

――さすがにそれはないよね……。

なんにせよ、自分にとっては他人事。

今日の自分は、伯母の機嫌を損ねないよう隅でおとなしくしていればいいのだ。そのついでに、人気店の料理を楽しもうと気持ちを切り替える。

もともと料理は好きだし、食品関係の仕事をしていることもあり、美味しいものを前にすればそれだけで心が弾む。乃々香はそのまま黙々と食事を進めた。

二つ向こうの席から自分を好き勝手に貶す伯母の声が聞こえてくるが、美味しい料理の代金がわりと割り切って右から左に聞き流した。

突き出しを意味するアミューズから始まったコース料理がソルベに差しかかったタイミングで、莉緒の婚約者として紹介された亨介がギョッと目を見開き、次の瞬間、自分の両親を睨んでいたが、それも乃々香には関係のないこと。

――つまりは政略結婚なんだろうな……。

乃々香は食事を進めつつ、亨介と莉緒の関係にそう当たりをつける。

彼の家――三國家は、大手の医療機器メーカーなので、医師会で一目置かれる祖父との繋がりを得るためにこの縁談が調ったのかもしれない。

そう考えると、二人の温度差や、享介のよそよそしい態度にも納得がいく。

それなりに恋愛や結婚に憧れを抱く乃々香には理解し難い考え方だし、莉緒の性格を知っている身としては、結婚した享介の苦労が目に見えているだけに気の毒に思う。

価値観は人それぞれ、もちろん乃々香が口を挟むようなことではない。だけど……

――ご愁傷様です。

「クッ」

ついなんとなく、享介に視線を向けて合掌してしまう。すると、彼が思わずといった感じで噴き出した。

その動きに周囲の視線が集まると、享介は拳を口元に添えて咳払いで誤魔化すが、拳の陰から覗く口元は笑ったままだ。

周囲には「失礼」と詫びつつ、乃々香に視線を向けてくる。

「――っ」

意思が強そうな彼の眼差しに、乃々香の心に奇妙な漣が走った。

何気なく見せるその表情は確かに魅力的で、彼に熱を上げる莉緒の気持ちが少しだけ理解できた。

――ズルいと思ってしまうくらい、魅力的な人だな……

思わずそのまま見つめ合っていると、咳払いをした伯母が「そうそう、忘れていたわ」と、声を上げる。

そのまま伯母は、テーブルに手をついて乃々香に視線を向けてきた。

乃々香を見る眼差しは意地悪く、前屈み（まえかが）の姿勢も相まって、獲物をなぶる猫を連想させる。

嫌な予感を覚えて身構える乃々香に、伯母は両方の口角を持ち上げてニヤリと笑った。

「乃々香の結婚相手も、見つけておいてあげたから」

「はい？」

意味がわからない。

青天（せいてん）の霹靂（へきれき）――その一言に尽きる伯母の発言に乃々香の思考が停止する。その間に、伯母は嬉々として評判のよろしくない不動産成金のバカ息子の名前を口にした。そして結婚に向けて、今すぐにでも退職しろと言ってきたのだ。

「あら、乃々香にはお似合いじゃない」

そうはしゃいだ声を上げたのは、莉緒だ。

一番奥に見える伯父が驚きの表情を浮かべているので、この縁談は伯父も聞かされていなかったらしい。

「冗談じゃないですっ！」

一瞬遅れて思考が追いついた乃々香は、テーブルに手をついて勢いよく立ち上がった。その拍子に座っていた椅子がひっくり返ったが、そんなことには構っていられない。

「まあ、品のない子」

口元を手で隠して大袈裟に呆れる伯母に同調して、「そんなんだから、ママが世話を焼かなきゃ結婚相手も見つけられないのよ」と、莉緒がこちらを嘲笑う。

普段、伯母と莉緒の理不尽な嫌がらせは、極力聞き流すようにしている乃々香だが、さすがにこれは無理だった。

「私はまだ、結婚する気はありません。もし結婚するとしても、相手は自分で見つけます」

そう宣言しても、「そんなワガママ、私が許さないから」と言うだけで、伯母に聞き入れてくれる気配はない。

それどころか、感謝の意を示さない乃々香を非難するような言葉まで口にする。

――これでは話にならない……

彼女の底意地の悪さを理解しているだけに、瞬時にそれが理解できてしまう。

「失礼します」

ここで感情的に騒いでも、無駄に彼女たちを喜ばせるだけだ。乃々香はせめてもの意思表示として、そのまま部屋の出入り口へ向かう。

乃々香の態度を非難する伯母の声にチラリと後ろを向くと、面白そうな顔をしてこちらに小さく手を振っている享介と目が合った。

人の不幸を面白がる享介にムッとして、乃々香は伯母に見えないように注意しながら彼にあかんべーをして扉を閉めた。

扉を閉めても聞こえてきた自分を罵る声を思い出し、乃々香は耳朶を揉んでため息を漏らした。

「いい加減、私を目の敵にするのはやめてほしいな」

結婚前は木崎総合病院で看護師として働いていた伯母は、未来の院長である伯父の盛隆に見染められて結婚した。

結婚当初は、献身的な良妻であった伯母は、息子の拓実を産んだ頃から徐々に豹変していったのだという。

病院の跡取り息子を産んだという自信か、仕事第一主義で家庭を省みない夫に腹を立てたのか、第二子である莉緒を産む頃には、亡くなった祖母に代わり家庭内を掌握するにとどまらず、病院の経営方針にまで口を出すようになった。今では陰で木崎総合病院の女帝と囁かれるほど傲慢な振る舞いを繰り返しているらしい。

そんな苛烈な性格の伯母が、拒絶の言葉を口にしたくらいであっさり引き下がってくれるはずもなく、食事会の直後から感情任せなメッセージが数多く届いている。

そんな中、連絡先を教えた覚えのない享介から、乃々香のスマホに「今回の縁談について相談があるので時間をもらえないだろうか」とメッセージが届いた。伯母の差し金かもしれないと思いつつ会うことにしたのは、伯母と顔を合わせるより、彼に伝言を頼んで断った方がマシだと判断したからだ。

そうして仕事終わりに指定されたカフェに赴いたところ、唐突に結婚を申し込まれたから訳がわからない。

もしかしたら自分は、なにか壮大なドッキリに巻き込まれているのではないか……

常識を逸脱した展開に、そんなことを思わなくもないが、あれだけ嫌がる姿を見せてしまえば、伯母は乃々香の縁談を冗談では終わらせてくれないだろう。

どうしたものかとため息を吐く乃々香は、自動販売機で買ったホットのカフェラテを口に運ぶ。

冷房で冷えた体を飲み物で温めていると、休憩スペースに上司の田渕輝弘が顔を覗かせた。

チーフという肩書きで社内では年長者の扱いを受けている田渕だが、それは社員の平均年齢が若いだけで、まだ三十二歳だ。爽（さわ）やかな見た目で物腰の柔らかな彼は、社内や取引先の女性から非常に人気が高い。

「水谷さん、聞いたよ」

　そんな田渕の血相を変えた姿に、乃々香はなにか大きなミスをしてしまったのだろうかと緊張して腰を浮かせる。だけどその後に続く田渕の言葉に、目を瞬（またた）かせた。

「おじいさん大丈夫？」

「え？」

　最近会っていないが、一昨日（おととい）の食事会で年齢を感じさせない祖父の手術の回数が話題に上っていたから、もちろん元気だろう。

　なにを言われているのかわからず首をかしげる乃々香に、田渕は、神妙な面持（おもも）ちで言う。

「さっき家の人から電話をもらったんだけど、おじいさんの介護のために会社を辞めるしかないというのは本当かい？」

　想像もしていなかった言葉に、乃々香はキョトンとする。

　そんな乃々香に、田渕は、先ほど乃々香の親族を名乗る女性から電話があり、体調を崩した祖父の介護のために仕事を辞めたいと思っているが、それを職場に打ち上げられずにいると相談を受けたので、彼女に代わり退職の意思を伝えるために電話した、と話したと言う。

乃々香の個人情報を詳細に把握していたことから、ただの悪戯電話とも思えず詳しく話を聞いたところ、その女性は乃々香が随分前から仕事を辞めたくて悩んでいたと話したのだとか。

「……」

電話の主は、間違いなく伯母だろう。

田渕の話を聞きながら、乃々香の顔から血の気が引いていく。その表情を見た田渕が、心配そうに眉を寄せて提案してくる。

「色々大変かもしれないけど、僕としては水谷君には仕事を続けてほしいと思っているんだ。この会社には家族休暇というシステムもあるし、相談してもらえれば勤務時間の調整もできる。そうしたシステムをうまく利用してみてはどうだろう……」

乃々香に椅子に座り直すよう勧めつつ、田渕は優しい口調で会社の福利厚生について説明してくれる。

しかし乃々香は、そんな配慮は不要と田渕の話を途中で遮り、それはただの悪戯電話なので気にしないでほしいと説明したのだった。

その後、どうにか田渕には、祖父は健在で電話は悪質な悪戯電話であると理解してもらえたが、そこに至るまでにかなりの労力を要した。

そのため、一日の仕事を終えた頃には憔悴しきっていた。

仕事の合間に、伯母にこんなことは二度としないでほしいとメッセージを送ったが、言うことを聞かない乃々香が悪いと一方的な返事があっただけで、二度としないという約束はしてもらえなかった。

もちろん伯母だって、嘘を並べた電話一つで乃々香に仕事を辞めさせられるとは考えてないはずだ。おそらくは、会社での居心地を悪くして自主退職に追い込む算段なのだろう。

そんな嫌がらせに屈するつもりはないが、こういうことを続けられれば、職場での立場がまずくなるのは確かだ。

今後の対応策を考え、暗澹たる思いで廊下を歩く乃々香は、ため息を吐いてエレベーターに乗り込んだ。

一階まで移動して、ソレイユ・キッチンのオフィスが入る総合ビルを出ようとした時、玄関ホール前に人だかりができていることに気が付いた。

――なんだろう？

男性より若い女性が多く、なにかを見て興奮したように騒いでいる。興味本位で背伸びして女性たちの視線の先を確認した乃々香は、愕然として息を呑んだ。

「三國享介っ」

もとより目立つ存在ではあるが、今日の彼は粋な光沢のある細身のスーツを着こなし、大きな薔薇の花束を抱えている。

昨日の今日で彼がこの場所で待つ相手は、自分くらいしか思い浮かばない。

姿勢を低くして、そのまま人混みに紛れてこの場を離れようとしたが、目ざとく乃々香を見つけた享介に名前を呼ばれる。

「乃々香」

「——っ！」

名前を呼ばれただけなのに、乃々香はその場で硬直してしまう。

その隙に、享介が優雅な足取りでこちらへと歩み寄ってきた。

海を渡る聖者の如く人垣が二手に別れ、その間を薔薇の花束を抱えた彼が堂々と歩いてくる光景は、なかなかの悪夢だ。

——人の職場の前でなにをしてくれる……

薔薇の花束を抱えたイケメンの目指す先を見守ろうと、周囲の視線が自分に向けられるのを感じて、乃々香は心の中で毒づいた。

未だかつて経験したこともない状況にみまわれ、どう反応するのが正解なのか迷っているうちに、乃々香の前に立った享介に花束を差し出される。

「仕事お疲れ様。早く昨日の返事が聞きたくて、君を迎えにきた」

一瞬甘さを含んでいるように聞こえた享介の声が、実は笑いを噛み殺しているとわかる。

昨日は散々乃々香のことを『アンタ』と呼んでいたのに、今は『君』と呼ぶあたりに、彼の企みを感じてしまう。

そんなことなど知らない周囲の野次馬は、好き勝手な想像を巡らせ大きくどよめく。

チラリと視線を向ければ、両手を組み合わせてうっとりしている女性までいる。

「……」

勝手に乙女チックな妄想を膨らませている野次馬には悪いが、疲弊しきっている乃々香には、彼のおふざけに付き合う心の余裕はない。

無言で相手を睨み、拒絶の意思表示をする。

だけど敵も負けていない。

どこか芝居がかった表情で首を大きく横に振る。

「反省しているから、そんなに怒らないでくれ。確かに君が言うとおり、昨日のプロポーズはストレート過ぎてムードに欠けていた。だけど俺は、本気で君と結婚したいと思っているんだ」

色気たっぷりの微笑みを添え、申し訳なさそうに眉尻を下げる享介は、薔薇の花束を持ったまま両手を広げる。

咄嗟に警戒して身を引こうとしたが、それよりも早く享介に抱きしめられて動きを封じられた。

「お願いだから、もう一度俺にプロポーズするチャンスをくれないか」

抱擁から逃れようともがく乃々香を強く抱きしめ、享介はこれ見よがしに懇願する。

その陰で声を落とし、乃々香にだけ聞こえるように囁いた。

「アンタのご意見を参考に、乙女心とやらを踏まえた演出をしてみたが、満足したか?」

「なんの嫌がらせですか?」

彼に合わせて小さく言い返すと、享介が楽しそうに喉を鳴らす。

それに苛立ち、乃々香が「ふざけないでくださいっ!」と胸を強く押したところで、
彼の体はびくともしない。

それどころか抱きしめる腕にさらに力をこめてくる。

「明日もこれをされたくなかったら、素直に俺と来い」

「なっ!」

あり得ないと彼の胸を強く押すと、享介は腕を解いて乃々香の体を解放する。

「俺は本気だ」

真顔でそう告げられれば、この男は本気でヤルと理解できた。

しかもなにを勘違いしたのか、周囲から拍手が沸き起こり、享介がそれに「応援あり

がとう」といった感じで、軽く手を上げて応えていた。

そんな周囲の盛り上がりを追い風に、享介は乃々香に挑戦的な笑みを向ける。

「どうしてもお気に召さないと言うなら、何度でも出直してくるよ」

「う……っ」

これはもう脅しでしかない。

無駄に心臓が丈夫なこの男は、本気で明日もやってくる。そうなれば、恥ずかしい思いをするのは乃々香一人だ。

呆然と立ちつくす乃々香に花束を押し付け、享介は「ちゃんと話し合おう」と微笑んで肩を抱きながら歩き出す。

——無茶苦茶だ。

そう思うのに、彼の行動力が乃々香の常識の範疇からあまりに逸脱していて、なにをどう返していいのかわからない。

抵抗する意欲を失った乃々香は、彼に肩を抱かれたまま素直にその場を離れることしかできなかった。

「どうだ、俺と結婚する気になったか？」

非常識極まりない待ち伏せの結果、彼の車の助手席に座る羽目になった乃々香は、盛大に顔を顰めた。

「なるわけないですっ！　なにを考えているんですかっ！」

拳を握って即答する乃々香に笑うと、享介はサングラスをかけて車を発進させた。

「俺としては昨日のお詫びも兼ねて、女心を踏まえたプロポーズとやらをさせてもらったつもりだが？」

「こんなの、ただの嫌がらせです」

怒りを込めて彼を睨んではみたものの、押し付けられた大きな花束が視界の邪魔をする。

享介は涼しい顔で『女性を怒らせたのなら、とりあえず花束を持って謝りに行け』という友人の助言に従っただけだと主張した。

笑いを堪えるその声を聞けば、それが詭弁に過ぎないのは明確だ。

「三國さんと結婚するのは、従姉の莉緒のはずでしょ」

これ以上この男を楽しませてなるものかと、冷めた口調で返す。そんな乃々香の言葉に、享介はくだらないと息を吐く。

「冗談じゃない。アンタの従姉と結婚して、まっとうな結婚生活を送れると思うか？」

大学卒業後、家事手伝いという名目のもと、遊び歩いている莉緒の姿を思い出して微妙な顔をする乃々香に、享介はそういうことだと頷く。

「アンタも昔からパーティーに参加しているから、うちの家族の噂を聞いたことはあるだろう?」

さっきまでの悪戯(いたずら)好きの悪ガキといった雰囲気を引っ込め、享介が落ち着いた声のトーンで問いかけてきた。

乃々香は記憶を巡(めぐ)らせて、パーティーで耳にした噂話を思い出す。

三國家の人々は実力より年齢の序列を重んじる傾向にあり、兄より秀でた弟の享介を持て余しているというのは有名な話だった。

「俺は長男信仰と呼んでいるが、我が家の人間は未だに才能や実力に関係なく、最初に生まれた男子が偉く、敬(うやま)うべきものと考えている。そんな家では、俺みたいな奴は異端児扱いさ」

「はあ……」

当事者にとっては煩(わずら)わしい話なのかもしれないが、乃々香はどう反応していいかわからない。

曖昧(あいまい)な返事をする乃々香に、享介が続ける。

「それならそれで、俺を会社から追い出せばいい。訳あって、俺も会社を辞めたいと思っていたところだし、それで全て丸く収まるのに……」

そこで一度言葉を切った享介は、口にするのも不快といった感じに顔を顰(しか)めて言う。

「そこから話がこじれて、どういうわけか、仕事を辞めるなら家の利益に繋がる家柄の女性と結婚してからにしろと言い出した。……俺が独身主義と知っていて、なんの嫌がらせだよ」

つまらなそうに息を吐く享介の横顔を見ていると、昨日、彼が『家族にはめられた』と話していたことを思い出す。

つまり彼は、会社を辞める条件として莉緒との結婚を迫られているのだろう。

しかし事情が呑み込めたからといって、乃々香のスタンスは変わらない。

「莉緒との結婚が嫌だからって、どうして私にプロポーズするんですか？」

自分には関係のない話なので巻き込まないでほしいと、距離を取ろうとする乃々香に、享介はこともなげに告げる。

「アンタだって、木崎院長の孫娘だろ？」

そう言われて一瞬キョトンとしてしまったが、すぐに彼の言わんとすることがわかった。

「私と結婚しても三國家にメリットはないですよ」

「誰が家のために結婚するか」

吐き捨てるような口調の享介は、一瞬だけ乃々香に視線を向ける。

「……？」

彼の視線を感じるが、花束が邪魔をしてその表情を窺い知ることはできない。

亨介は軽く首筋を揉んで不機嫌そうに言う。

「どちらかといえば、俺はアンタのためにこの結婚を提案しているつもりだが？」

その声は不満げではあるが、さっきまでの豪快な雰囲気がない。そんな声で話す彼の思惑が気になり、乃々香は花束越しにじっと彼を見つめて次の言葉を待つ。

乃々香の視線を受け止めつつ思考を巡らせていた亨介は、考えるのが面倒になったのか、首筋から手を離してハンドルを握り直した。

「詳しい話は、俺のオフィスでしよう」

それだけ言うと、亨介は乃々香の返事を待たずにアクセルを踏む足に力を入れ、車を加速させた。


彼に『会社で話そう』と言われた時、てっきりＭＫメディカルに連れて行かれるのかと思ったのだが、亨介が乃々香を案内したのは、幾つもの企業が入る総合ビルだった。

車を降りる際、乃々香の抱えていた花束を預かった亨介は、花束を右肩に載せて左手でエレベーターの階数ボタンを押す。

彼が押した三十五階のフロアに入っているのは、ＧＳＮＴという会社のみ。

――グリーンサーフネットワーク？

ＧＳＮＴと書かれたロゴの下に小さく書かれた文字を見ても、聞いたことのない社名だ。

乃々香を伴ってエレベーターを降りた享介は、フロアの正面にあるオフィスの電子ロックを慣れた動きで解除する。

「どうぞ」

扉を大きく開いた享介が、そう言って乃々香に先を譲る。

ＭＫメディカルの系列会社だろうかと考えながら中に入ると、そこは、機能性とデザイン性の両方にこだわりを感じさせるデスクとパソコンが並ぶ洒落（しゃれ）たオフィスだった。

ぐるりと視線を巡（めぐ）らせると、床と天井（てんじょう）は明るい色目の木材で統一され、メザニンラックを利用した休憩スペースらしき場所の床は、芝生を連想させる鮮やかな緑色のカーペットが敷かれている。

全体的に開放感があり、ナチュラルで活気を感じさせるオフィスだ。

そんなオフィスの奥には、透明なアクリルガラスで仕切られた部屋があり、そこに数台のスーパーコンピューターが並んでいるのが見えた。

「ここ、なんの会社ですか？」

アクリルガラスの向こうで、絶えず光を明滅させるスーパーコンピューターへ視線を向けた乃々香が聞く。

近くのテーブルに無造作に花束を置いた享介は、乃々香の視線をたどるようにオフィスの奥まで歩いていくと、こちらに向き直った。

「企業の依頼を受けて、情報システムの構築や運用を生業（なりわい）としている。いわゆるシステムインテグレーターと言われる分野の会社だな」

そう説明する享介は、拳（こぶし）の背中でアクリルガラスをコツンと叩いて誇らしげな表情を浮かべる。

「俺の城だ」

「え？」

彼がなにを言っているのかわからずキョトンとしていると、近くのドアが開き、男性の低い声が聞こえてきた。

「俺たちの。なっ」

「なっ」の部分にことさら力を入れて宣言しつつドアの影から顔を出したのは、長身の男性だ。

享介同様、均整の取れた体つきに薄いソバカスが目立つ色白の肌をしていて、癖のある長めの髪を無造作に纏（まと）めている。享介とはまた違った種類の存在感を持つ男性だった。

「えっと……」

てっきり無人と思っていたオフィスに人が現れ、乃々香は驚いて男性と享介を見比べた。

そんな乃々香に構わず、男性は放置されている花束へ視線を向け、不満げに顎を摩る。

「なんだ、花束で殴られなかったのか。つまらないなぁ」

「やっぱりあのアドバイスは、悪意があってのことか」

享介が男性にそう返すと、二人は互いに癖のある笑みを浮かべ合った。

友達の助言を悪意と知りつつ実践した享介の行為の方に、よほど悪意を感じるのだが、それをツッコむと面倒なことになりそうなので黙っておく。

そこでようやく男性が乃々香に視線を向けた。

「ここにいるってことは、三國と結婚するの？」

「違……っ」

慌てて否定しようとする乃々香の言葉を遮るように、男性は「荒川ケイといいます」と名乗り、握手を求めてくる。質問され慣れているのか、ついでといった感じで日本人の父とカナダ人の母を持ち、自身は日本国籍であることも教えてくれた。

「……水谷乃々香です」

握手に応じつつ乃々香が自己紹介すると、荒川は「知っています」と意味深な笑みを浮かべて享介に視線を向ける。

「ついでに言うと、そこの三國の共同経営者だから」

「えっと……ここは、ＭＫメディカルの系列会社じゃ？」

　享介が三國家の一員として、ＭＫメディカルの中心的役割を果たしていることは広く知られている。ここがＭＫメディカルの系列会社であれば、共同経営者という荒川の言葉が理解できない。

　アクリルガラスから離れた享介は、荒川の隣に立つと、不思議そうに二人を見比べている乃々香に言った。

「このグリーンサーフネットワークは、俺と荒川が学生時代に立ち上げた会社だ」

　スーパーコンピューターを背景に強気な顔をする彼を見ていると、なるほど、ここそが彼の居場所なのだと納得がいった。

　そんな乃々香の表情に満足そうに顎を動かし、享介は得意げに語り始める。

「次男って理由だけで、ずっと押さえつけられて家の犠牲になる筋合いはない」

　大学で知り合った荒川と学生時代に起業したが、一応は家族の希望を聞き入れてＭＫメディカルに就職したのだという。

　先に就職していた兄をサポートするかたわら、副業としてグリーンサーフネットワークの仕事を続けてきたが、会社の業績が上がるにつれＭＫメディカルとの兼務が難しくなってきた。

　それで三十歳を迎えたのを機にＭＫメディカルを退職することにしたが、家族の猛反対に遭い、三年経った今も退職できずにいるのだという。

「コイツは口が悪いだけで人はいいから、なんだかんだ言いつつ家族を見捨てられずにいたんだよ。それでも今回のことで、本当に堪忍袋の緒が切れたそうだ」

乃々香への唐突なプロポーズに関して、享介にも享介なりの言い分があるといったことをゴニョゴニョと説明した荒川は、享介の肩に手を乗せて乃々香の方に押し出すと、「徹夜続きで眠いから帰る」と二人の間をすり抜けて入り口へと向かった。

「お疲れさん。あまり無理せずに休めよ」

享介の言葉に、半分ドアを開けてオフィスを出て行こうとしていた荒川が振り向く。

「そう思うなら、早くMKメディカルを辞めて、こっちの仕事に専念してくれ」

享介を指差し、その指をくるくると回した荒川は、それだけ言うと手をヒラヒラさせて帰っていった。

荒川が出ていくと、ドアが自動ロックされる音が響く。

その音を合図にしたように、享介は荒川が出てきた部屋の隣のドアを開け、乃々香に中に入るように促した。

小さく会釈して中に入ると、そこは享介個人のオフィスらしい。執務用デスクの他に接客用のソファーセットが設置されている。

乃々香にソファーを勧めた享介は、サイドチェストのコーヒーメーカーで二人分のコーヒーを用意すると、乃々香の向かいに腰を下ろした。乃々香の側のコーヒーには砂糖とポーションクリームが添えられているが、彼の方にはなにもなかった。

一応気遣ってくれているようだ。

「さて、多少の事情は理解できたと思うが、俺は近々ＭＫメディカルを辞める。そのために、三年かけて過去のリコールで経営が大きく低迷していたＭＫメディカルの収益を引き上げ、俺が抜けても大丈夫なように道筋を作ってきた」

熱さに顔を顰(しか)めつつコーヒーを啜(すす)り、享介は苛立った様子で続ける。

「俺としては、それで十分義理を果たしたつもりだったが、家族はそれだけでは満足せず、『会社を辞めるなら、家の利益に繋がる結婚をしろ』『お前の代わりに、将来のＭＫメディカルの助けになる子供を育てろ』と言い出した」

家族とのやりとりを思い出したのか、享介は天井(てんじょう)の隅を見上げてため息を吐く。

そして心底苦いものを口にしたような顔でコーヒーの入ったカップに視線を落とす。

「ただでさえ忙しいのに、俺の都合などお構いなしに山ほど見合い話を持ってきて、それを断り続けていたら、あの騙し討ちの食事会での婚約発表。しかも家に帰ってから文句を言えば、家族の顔合わせも終わったのに断るなんて世間体の悪いことは、三國家としてはできないときた」

お手上げだと言いたげに、享介はカップを持っていない方の手を高い位置でヒラヒラと遊ばせる。

「だから、もう終わらせるんだ。家族への義理や情ってのは確かに俺にもある。だが、それは一方が一方から永遠に搾取し続けるものじゃない。俺は三國家の便利グッズで終わる気はないし、俺という存在を尊重しない家族にこれ以上義理を果たすつもりもない」

力強くそう宣言した享介は、ソファーの肘掛けに頬杖をついて乃々香を見る。

「それは、アンタにも言えることだ」

「え？」

不意に話の矛先が自分に向けられ、ドキッとする。

「育ててもらった恩があるのかもしれないが、いつまでもあの家族に義理立てする必要はないさ。アンタの縁談は、どう考えてもただの嫌がらせだ。散々疎まれてきた挙句、理不尽な縁談まで押し付けてくる木崎夫人に、一泡吹かせるのも面白いと思わないか？」

訳知り顔で話す享介に怪訝な視線を向けると、肩をすくめられる。

「パーティーの席で時間を持て余した暇人が噂するのは、ウチのことだけじゃない。木崎夫人が交通事故で両親を失った姪を引き取り、虐めているというのは有名な話だ」

「虐め……とまでは」

「実の娘は幼稚園から大学まで私学で、子供の頃から贅沢三昧。片や、姪であるアンタは小学校から大学まで全て公立の日陰の身。しかも就職と共に家を追い出され、親の遺産まで巻き上げられて慎ましい生活を送っている」

亨介の言葉に、世間の人はよく見ているものだと感心してしまった。

「でも、木崎の家に引き取ってもらったおかげで、私は生きるのには困らなかったし、両親の遺産は養育費として使ったと聞いています」

乃々香は別に莉緒と同じ学校に通いたかったわけではないし、公立の学校でいい友達に恵まれたので、そこまでの言われ方をされるほどではないと思っている。

それに就職した今は生きるのに困ってもいないので、伯母や莉緒のこれまでの仕打ちに思うところがあっても、もう過ぎたことだと割り切ってあまり考えないようにしている。

そんな乃々香の言葉に、亨介ははっきりと顔を顰めた。

「アンタの両親が残した遺産が、学費を含めた養育費で全てなくなるとは思えないな。だいたい、木崎家は実の祖父母の家だろう？」

「――っ」

亨介に指摘されるまで、そんなふうに考えたことはなかった。

親のいない乃々香にかけられるお金は限られていると話す伯母に、祖父も伯父もなにも言わなかったので、そういうものだと思っていた。

黙り込む乃々香に、亨介は質問を重ねる。

「じゃあ聞くが、もし幼くして両親を亡くしたのがアンタの従姉だったら？　アンタの両親は、養育費で従姉に残された遺産の全部を使うと思うか？」

「いいえ」

そんなことはしないと、乃々香ははっきり首を左右に振る。

乃々香の両親は、そんなことをするような人たちではない。もし莉緒や拓実が自分のような状況に置かれたのなら、二人の将来のために極力遺産に手をつけることなく二人を育てたはずだ。

確信を持ってそう言う乃々香に、享介は勝ち誇ったように唇の端を持ち上げる。

「自分の両親ならそんなことはしない。そう思うなら、自分に対する不当な扱いを仕方ないと受け入れるな」

思いがけない言葉に、乃々香は息を呑む。

迷いのない目で見つめられて、世界が揺れるような錯覚を覚えた。

享介は、乃々香の心の奥底を覗き込むような真摯な眼差しを向けてくる。

「自分の両親を誇りに思うなら、その子供である自分を粗末に扱うべきじゃない。亡くなった両親のためにも、自分を不当に扱う奴には腹を立てて、きちんと抗議して戦うべきだ。それを妙な遠慮で我慢してきたから、向こうは調子に乗ってあんな悪意に満ちた縁談を平気で押し付けてくるんじゃないのか？」

「……」

「あそこまでわかりやすい悪意を見せられると、第三者の俺でも気分が悪くなる」

食事会での光景を思い出したのか、享介はガシガシと乱暴に髪を掻く。

どこか人を食った享介の振る舞いに思うところはあるが、理不尽な伯母の仕打ちに、無関係な彼が腹を立ててくれたことに心が温かくなる。

と共に、これまでの自分の生き方が不甲斐なくもあった。

「ありがとうございます」

「……？」

お礼を言う乃々香に享介が不思議そうな顔をしたが、胸に湧くふかふかした感情を言葉にするのは難しい。

どんな反応を示せばいいのかわからず、両手で包むようにして持っていたカップに視線を向けていると、説明を求めるのを諦めた享介が話を再開する。

「ちなみに、三國家にとって今回の縁談は、医師会で一目置かれる木崎院長と縁を持つことが目的だ。だから、その相手にどれだけ悪評があろうとも構わない。それどころか、善良な木崎院長やその息子の盛隆氏に恩を売れるとでも考えているのかもしれない」

その話に納得する反面、乃々香はそれがどうして自分へのプロポーズに繋がるのか理解できない。

「自社の利益を優先したい両親は、どれだけ俺が結婚する気はないと伝えてもこの縁談を進めると言っている。それならいっそのこと、木崎院長のもう一人の孫娘と結婚するのもアリかと思ってな。さすがにウチの親も、離婚させてまで従姉と結婚し直せとは言わないだろうからな」

つまり享介としては、家族が彼の結婚に求めているものが祖父とのパイプであれば、相手は莉緒でなく乃々香でも構わないのだ。

だが生憎、乃々香では役に立たない。

享介のように聡明でよく人を観察している人がそのことに気付かないのは不思議だが、乃々香は申し訳ないと肩をすくめて返す。

「私と結婚しても、三國家の方が期待するような恩恵を受けることはできませんよ。それどころか、伯母を敵に回すことになります」

伯母の和奏は、木崎総合病院の陰の女帝とまで呼ばれている人だ。

享介が愛娘の莉緒の夫になれば、きっとかなりの便宜をはかってくれるだろう。それとは逆に、享介が乃々香と結婚したりすれば、目の敵にしてくるのが手に取るようにわかる。

最初こそ訳のわからないプロポーズに困惑したけれど、こうして彼の人となりが見えてくれば好感が持てた。彼のためを思えば、なおさらこのプロポーズを受けるわけにはいかない。

そのことを説明して改めて享介のプロポーズを断ろうとしたが、何故か彼は、乃々香こそわかっていないと首を横に振る。

「俺は、別に三國家のために結婚するわけじゃない。どちらかといえば、アンタのためにプロポーズしているつもりだ。この先の面倒を考えたら、俺のプロポーズを受けた方が遥かにマシなんじゃないか？」

そう言われて、彼がこの突拍子もないプロポーズは乃々香のための提案だと話していたことを思い出す。

「……？」

怪訝な顔をする乃々香に、享介が淡々と告げる。

「アンタの返事にかかわらず、俺はＭＫメディカルを辞めるし、絶対にアンタの従姉とも結婚しない。俺はそれで済むけど、アンタはどうだろうな？」

「私も、似たようなものです」

乃々香だって、伯母が押し付けてきた縁談に応じる気はない。

さっきの享介の言葉を聞いたことで、両親のためにも、伯母の横暴な振る舞いには屈しないと心に誓った。

背筋を伸ばしてそう告げる乃々香に、享介は疑わしげな視線を向けてくる。

「猫っ可愛がりしている娘の縁談が破談となれば、木崎夫人は荒れ狂うだろうし、その苛立ちは間違いなくアンタに向くだろう。それこそアンタを不幸に陥れるためなら、どんな手を使ってでも、悪評高いお坊ちゃんに嫁がせようと躍起になるんじゃないか？」

その指摘に、乃々香の顔から一気に血の気が引いていく。

伯母の性格を知っているだけに、それを笑い飛ばすことができない。昼の一件がいい例だ。

「三國さん……やっぱり莉緒と結婚しませんか？」

乃々香が唸るように言うと、享介に半眼で「断る」と返された。

言葉に詰まる乃々香に、享介が悪戯な笑みを向けてくる。

「下手したら、勝手に婚姻届を出される可能性もあるぞ。だからそうなる前に、俺と結婚しておいた方が安全だと思わないか？」

もちろん勝手に婚姻届を出されても、無効にすることはできるだろう。だがそれには、それ相応の手続きを踏む必要があるし、祖父や伯父にも迷惑をかけるかもしれない。

一瞬、そんな状況に陥る前に、享介の提案を受け入れた方がいいのではないかという思いが頭を掠めたが、それは乃々香が望む結婚とはかけ離れたものになる。

「でも、結婚って、そういうものじゃないと思います」

拗ねたような口調で返すと、享介が小さく頷く。

「念の為に言っておくが、俺は別にアンタと本当の夫婦になりたいわけじゃない。お互いの利害関係の一致から、戸籍上の夫婦にならないかと提案しているんだ。俺もアンタも、既婚者でいた方が、家族の面倒を回避できると思わないか？」

「……」

彼の言葉に、つい反応してしまう。

その動きを見逃さなかった享介は、すかさず悪魔の囁き（ささや）の如く（ごと）言葉を足す。

「もちろん体の関係も妻としての役目も果たす必要はない。できれば周囲を納得させるために、パーティーなどで妻として振る舞ってもらえると助かるが。アンタが望むなら、ほとぼりが冷めた頃に離婚届を出してもいい。その際は、夫としてそれ相応の慰謝料を持たせてやる」

つまり契約結婚をするということらしい。

「三國さんには、恋人とかいないんですか？」

ふとそんな素朴な疑問が湧いた。

享介ほどの男性なら、莉緒の他にも結婚したいと願う女性はたくさんいるだろうし、恋人がいてもおかしくない。

乃々香の質問に、享介は面倒くさいと息を吐く。

「ＭＫメディカルとグリーンサーフネットワーク、その両方で重責を担って（にな）いて、恋愛をする余裕があると思うか？」

「なるほど」

そう言われれば、納得するしかない。頷く乃々香に、享介が補足する。

「女遊びには飽きた。兄貴を優先する家族の姿を見ていると、結婚に対する夢も憧れもなくなるし、子供を持つのも面倒だ。当分はグリーンサーフネットワークの業績拡大に専念したいが、独身でいる限り、これからも親だけでなく、仕事関係の相手からも縁談を持ちかけられる可能性がある。仕事にかこつけて直接アプローチしてくる女性もいるしな。そういった面倒を省くために、アンタと契約結婚するのは悪くないと思っている」

なるほど。さっきの破格の契約条件には、彼のそういった事情が含まれているらしい。

「……」

「俺に惚れるなよ」

あれこれ考えていると、享介がからかってきた。

「惚れませんよ」

呆れ口調で返すと、享介が屈託なく笑う。

社会的な重責を担っているはずなのに、少年のまま大人になったような彼の笑い方はなかなか魅力的だ。

それに、享介なりに、伯母たちの理不尽な仕打ちに対する怒りもあるのだろう。

乃々香としても、先ほど言われた言葉が胸に響いたこともあり、最初の時ほど彼に対する拒絶感はなくなったが、やはり結婚となると簡単に決断はできない。

「結婚って、もっと神聖なものだと思います」

子供じみていると思われるかもしれないが、そう訴えずにはいられない。

頑（かたく）なな表情で見つめ返す乃々香に、享介は「全ての結婚はギブアンドテイクの契約だと思うぞ」と声をかけてきた。

「……ギブアンドテイクの契約」

「よく神前で『病（や）める時も、健（すこ）やかなる時も……』と誓うだろ。俺に言わせれば、あれだってなにがあっても側にいる、いざという時は助けるという契約だ。『愛しているから愛してほしい』『生涯を共にしたい』と自分の人生に必要な相手と交わす契約が結婚なら、互いの存在にメリットを感じて交わす俺とアンタの契約も、そう変わらないだろ」

「それは詭弁（きべん）です。それにギブアンドテイクというなら、私のメリットの方が多すぎます」

納得のいかない顔をする乃々香に、享介は自分のスーツの胸元を探りながら言った。

「詭弁（きべん）で結構。どう解釈するかは受け手の自由だが、声を発しないことには物事は動かない。それに俺のメリットが少ないと思うなら、知恵を絞って俺のメリットを増やしてくれ。ちなみに俺は、価値のないものに金や時間を費（つい）やすほどお人好しじゃない。つまりアンタには、俺が契約を持ち掛けるだけの確かな価値があるということだ」

迷いのない口調で話す享介は、スーツの内ポケットから封筒を取り出し、中の紙をテーブルに広げる。

項目や文字が茶色で印刷されたそれは、知識としては知っている『婚姻届』というやつだ。

「判断はアンタに任せる。その気になったら出してくれ」

見れば新郎の欄は全ての項目が記入されており、ご丁寧に新婦側の証人の記入も済まされている。

本当に、後は乃々香が記入すればいいだけだ。

「出さないかもしれませんよ？」

「好きにすればいいさ」

書類を封筒に戻した享介は、挑発するような笑みを添えて、それを乃々香に手渡してきた。

「……」

なんとなく悪魔の契約書を提示された気分でもあるが、拒みきれない魅力を感じるのも事実。

渋々といった体で乃々香が封筒を受け取ると、享介は満足そうに目を細めた。

2　契約結婚の第一歩

享介から二度目のプロポーズを受けた翌日、出社のために部屋を出ようとしていた乃々香は、着信音に反応してスマホ画面を確認した。

彼の申し出についてあれこれ考えていたせいでよく眠れず、いつもより重い瞼を擦りながら画面を確認すると、伯父の盛隆からのメッセージが表示されている。

一人暮らしを心配する伯父からメッセージをもらうことは時折あるが、出かける支度で忙しい朝というのは初めてだ。

何事かとメッセージを開くと、乃々香のアパートの前まで車で来ているので勤務先まで送るとのことだった。

「……」

これまでにない伯父の申し出に、乃々香の眉間に皺が寄る。

普段から忙しい彼が、わざわざ時間を割いてそんな申し出をしてくるのには、それなりの目的があってのことだろう。

それがなにかといえば、このタイミングというだけで察しはついた。

メッセージを無視するわけにもいかず、なんとも言えない思いを抱えて部屋を出た乃々香は、そのまま伯父の車へ歩み寄った。

車の扉を開けると、伯父はぎこちない表情で儀礼的な挨拶をしてくる。乃々香も、ぎこちない表情で挨拶して助手席に乗り込んだ。

ドアを閉めると、車内に重苦しい沈黙が満ちる。

その沈黙を持て余すように咳払いをして車を発進させた伯父は、しばらく車を走らせた後で申し訳なさそうに切り出す。

「なんていうか……アイツが、乃々香の今後について……確認をとな……」

歯切れ悪く声を発した伯父はそこで黙り込み、ハンドルを強く握って乃々香の反応を待つ。

昨日、享介と話してからこれまでの自分について色々考えた乃々香は、膝に乗せた鞄を支える手に力を込めた。

「伯母様の勧める方と結婚するつもりはないです。それに、今の仕事も辞めません」

キッパリとした口調でそう答えると、車内に再び気まずい沈黙が満ちる。

信号待ちで伯父が左折の合図を出すと、カチカチと規則正しいウインカーの音がやけにうるさく響く。その音が不快とでも言いたげに、伯父は耳朶や首筋を擦り、苦しそうに口を開いた。

「……アイツもアイツなりに、乃々香の将来を考えている……らしい。あの縁談だってきっと悪意はないんだ。だから、そこまで頑なにならなくとも……」

どこか責任転換するような伯父の言葉に、ふと昨日の享介の言葉が蘇る。

――もし幼くして両親を亡くしたのがアンタの従姉だったら……

乃々香の両親なら、あんな一方的に縁談を押し付けたりしないし、こんなふうに悪意を見て見ぬ振りなどしないだろう。

これまでだって、似たようなことはいくらでもあった。

それでも、引き取って育ててもらっている身として、忙しい伯父を困らせてはいけないと思い、胸に湧く感情を無理矢理呑み込んできた。

それでいいと思っていたはずなのに、今日はやけに伯父の言動を不快に感じてしまう。

それはきっと、昨日の享介の言葉が乃々香の中で強く存在感を誇示しているせいだ。

『自分の両親を誇りに思うなら、その子供である自分を粗末に扱うべきじゃない』そう乃々香を嗜め、『あそこまでわかりやすい悪意を見せられると、第三者の俺でも気分が悪くなる』と言って、乃々香のために腹を立ててくれた。

生きるエネルギーを全身から溢れさせる彼の姿が脳裏に焼き付き、昨日からずっと乃々香の胸をざわつかせている。

――三國さんの言葉を、無駄にしちゃいけない。

そう思うからこそ、胸に渦巻く思いを我慢して呑み込むことはできなかった。

鞄を持つ手に力を込めて、乃々香は伯父を見る。

「伯父様、ひとつ聞いてもいいですか？」

「なんだ？」

なるべく感情的にならないよう、静かに深く息を吐いて心を落ち着けてから聞く。

「両親が私のために残してくれたお金は、もう少しも残っていないんでしょうか？」

「それは、お金が必要だから、仕事を辞められないということか？」

乃々香としては、享介の言葉に影響されての発言だったが、伯父は違う意味に受け取ったらしい。

違うと否定するタイミングを乃々香に与えることなく、伯父が言葉を続ける。

「もしお金が必要なら、私が用立てるから、仕事を辞めて……」

困り顔で言葉尻を濁す伯父に、乃々香はそっと唇を噛んで背筋を伸ばす。

「そうじゃなくて、私は、両親が自分に残してくれたものを確かめたかっただけです」

そんな乃々香の真摯な言葉に、伯父は「困らせないでくれ」と眉尻を下げた情けない表情を浮かべた。

伯父のその姿に、乃々香の心の温度が下がっていく。

赤の他人である享介がおかしいと声を上げるようなことに、身内である伯父が目を背ける。

その姿に、これまでとは違う意味で、話し合う気力が萎えていく。

乃々香は信号が変わっていないことを確認して、シートベルトを外して助手席のドアロックを解除した。

「乃々香？」

伯父が予想外の乃々香の動きに驚いた顔をしたが、構わずドアを開けた。

「ここからは、自分で歩きます」

そう言って車を降りた乃々香は、当惑した表情を浮かべている伯父を振り返る。

別に伯父を責めているわけではない。

だが、これ以上伯父を頼って困らせてはいけないと痛感しただけだ。

誰かを困らせるようなことはしたくないが、理不尽な状況を甘んじて受け入れるような人間にもなりたくない。

凛とした表情で伯父を見つめ、深く一礼すると、乃々香はなにも言わずにドアを閉めた。

伯父はなにか言いたげに口を開きかけたが、すぐに信号の色が変わり、後ろの車にパッシングされたことでハッと視線を前に戻す。

一瞬、乃々香に後ろ髪を引かれたような視線を向けたが、再度パッシングを受けてそのまま車を発進させた。

遠ざかる車を見送った乃々香は、鞄の中のスマホを探す。

その際、指に触れた封筒に視線を落として少しだけ口角を下げる。

好きにすればいいと、人生の大きな選択を乃々香に託してきた男は、それでいて、乃々香がどちらの道を選ぶか見透かしているようでもあった。

あんな無茶苦茶なプロポーズをしてくる人の思惑に乗るのは癪に障るが、同時に少しだけ楽しみでもある。

彼の発する言葉は一つ一つが生きる強さに溢れていて、まるで磁石のように乃々香の心を引き寄せる。

契約とはいえ、彼は乃々香に結婚するだけの価値があると言ってくれた。ならば、その評価を信じてみたいと思う。

とはいえ、やっぱり彼の思いどおりに動くのは少し面白くない。そんな思いから鞄に大事に入れてある封筒を指先で弾いて、乃々香はスマホを取り出した。

ロックを解除して、上司の田渕の電話番号をタップする。

そしてコールしてすぐに電話先に出た田渕に、区役所に寄ってから出社するので出勤が遅れる旨を伝えた。

通話を終えたスマホを鞄に戻そうとした乃々香は、ふと思い直して、再びスマホのロックを解除して電話をかけた。

「はい」

短いコール音ですぐに電話に出た享介の声が、微かに笑っていることにムッと唇が曲がったが、気を取り直して単刀直入に告げる。

「今日から貴方の妻になります」

どんなに自分にとって都合が良くても、契約結婚なんてあり得ないと思っていた。

でも昨日の享介の言葉を借りるのであれば、全ての結婚は自分の人生に必要な伴侶を得るための契約だという。

乃々香がこの状況を脱するためには、享介の強さが必要だ。

そして彼にも乃々香と契約を交わす価値があるというのなら、この契約は悪くないと思った。

自分の方がこの結婚におけるメリットが多いと感じてしまう分は、彼の見立てに恥じないよう努力していけばいい。そんな思いを心に刻み「損はさせません」と宣言すると、享介は電話口でそっと笑い、優しい声で告げた。

「では夕方、妻を迎えにいくよ」

「花束はやめてください」

咄嗟（とっさ）にそう返すと、今度は声を上げて笑われた。

そして「わかった」と約束して電話が切れる。

――これを出したらもう引き返せないな。

暗くなった画面を眺め、そんなことを思った。

けれど、今、自分の置かれている状況は、別に引き返してまで戻りたいようなものではないのだと、すぐに気付いた。

――それならひたすら前に進むだけだ。

乃々香は地図アプリを開き、とりあえずの目的地である区役所を目指して歩き出した。

「悪い、俺だ」

ＭＫメディカルの社長室にスマホの着信音が鳴り響く。料亭の仕出し弁当を前に、箸を取ることなく大人しくしていた享介がスーツの内ポケットを探る。

「おい享介っ、会議中だぞ」

尖った声で嗜めてくるのは、ＭＫメディカルの副社長である兄の智史だ。

眼鏡の細いフレームを人差し指でツイッと押し上げ、露骨に顔を顰めてくる。そんな兄に、享介は呆れた顔をした。

「会議中って、家族で飯食ってるだけでしょ」

そう言って享介が社長室に視線を巡らせる。そこには享介の他に父である社長の三國哲平と、兄の三國智史、後はお茶などの準備のために側に控えている社長秘書の吉田がいるだけである。

「社長の貴重なお時間をいただいた、ランチミーティングだ」

もちろん他にも役員はいるが、自由な意見を出し合うことを目的に、月に一度開催される社長室でのランチミーティングに参加する者はおらず、結果、毎回ランチミーティングとは名ばかりの三國家の昼食会となっている。

――公私混同も甚だしいな……

ランチミーティングと銘打っているため、昼食代は経費で賄われている。いつか経理に怒られればいいのにと、くだらない呪詛をかけつつ享介はスマホを確認した。

見ると荒川からの業務連絡で、ついでに享介の退職を急かすメッセージが添えられている。

内容をざっくり確認してメッセージアプリを閉じようとした時、荒川の下に表示される乃々香のアイコンが目に入って、享介はつい笑ってしまった。

「お前の行動には、いつもマナーの意識が欠けているんだよ」

享介は平坦な声でこちらを嗜めてくる智史を、ため息まじりに観察した。

こうやってまじまじと眺めると、自分と兄の智史は少しも似ていないと痛感させられる。

子供の頃はひどく病弱だった智史は、大人になった今でも、どこか神経質で気難しい雰囲気を纏っている。

智史がそういう雰囲気を纏うようになったのは、三國家の跡取りとしてどうにか無事に育てようと、あれこれ手を尽くしてきた両親の過保護の影響が強いのだろう。

反対に生まれながらに丈夫だった自分は野放し状態で育てられたこともあり、三國家の人間の中では随分と型破りに育ってしまった。

「気に入らないなら、早くクビにすればいいだろ。そうすれば、お互い顔を見なくて済む」

そう話しつつ、物言いたげに唇を噛む智史から父へと視線を移動させる。

挑発的な享介の視線を受けて、父の哲平が重々しく息を吐く。

「お前は、年長者に対してのモノの言い方を学ぶべきだ。この前の結納の席でもそうだが……」

――結納……

その言葉に、享介は嫌そうに顔を顰めた。

たまには家族として食事を……と、休日に呼び出されて出向いてみれば、そこには乃々香を始めとした木崎家の人たちが同席していた。

それで瞬時に見合いだと理解したが、その場合、乃々香と莉緒のどちらが見合い相手だろうかと悩んだが、話の流れから莉緒の方だろうと察した。

色々な意味であり得ない――そう思いつつすぐに席を立たなかったのは、あまりに腹が立っていたので、そのまま帰るより家族のメンツを潰すタイミングで席を立とうと考えてのことだった。

だから、こちらの感情などお構いなしに話す莉緒に苛立ちつつも、しばらくおとなしくしていたら、話が妙な方向へと流れていった。

酔っ払った木崎夫人が姪の乃々香のことを悪し様に言い始め、莉緒も嬉々として乃々香の悪口を並べ立てていく。

別に自分が特別正義感の強い人間とは思わないが、弱者を痛ぶる木崎母娘の姿は見ていて気分がいいものではなかった。それに、二人を止めることなくただ傍観するだけの盛隆氏にも苛立ちを覚えた。

さすがに見ていられなくなり、適当な口実を作って席を立つついでに、彼女も連れ出そう――そんなことを考えて乃々香を見た途端、享介は意表を突かれた。

伯母や従姉の悪意に晒されながら、当の本人は、そんな悪意などどこ吹く風、といった様子で食事を楽しんでいたのだ。

食事に意識を向けることで悪意に耐えている。といった感じはまったくなく、育ちの良さを感じさせる優雅な手つきでカトラリーを使い、運ばれてくる料理を一品一品丁寧しかも、時々スタッフに料理の食材や調理法を確認して、感情豊かな表情で反応しては嬉しそうにお礼を言ってメモまで取っていた。

噂好きな財界人の間で、木崎夫人が、引き取った姪を虐げているというのは有名な話だ。たまにパーティーで見かける乃々香は、清楚で可憐といった印象で、そんな『可哀想なお姫様を助けてあげたい』と彼女に熱を上げる男性は享介の周りにも少なからずいた。

その印象もあって、この場は自分がどうにかしてやらなきゃいけないと思ったのだが、なんだかいい意味で期待を裏切られた気がした。

それが面白くて眺めていると、彼女の食事の所作がとても美しいことにも気付く。

丁寧に生きているんだろうな——乃々香を眺めてそんなことを考えていたら、突然、莉緒が自分は享介のフィアンセだと言い出した。

見合いだけでも願い下げなのに、結婚なんて冗談じゃないと両親を睨んだ後、ふと視線を感じて乃々香を見れば、憐れみの表情を浮かべてこちらに合掌していたのだ。

さっきまで自分が助けてやらなくてはいけないと思っていた女性に、憐れみの視線を送られている。そのことが妙にツボに入った。

彼女が見合い相手なら面白かったのに——そんな思いが脳裏を掠めたタイミングで、

木崎夫人が乃々香の縁談を話題にした。それに驚いた乃々香は『冗談じゃない』と声を荒らげ、享介より先に席を立ってしまったのだ。

その置き土産として、享介にあかんべーをしていったので、いよいよツボに入った。

享介としてはそれで一気に彼女を気に入ったのだが、木崎夫人はお気に召さなかったらしい。

途中で退席した彼女に恥をかかされたと怒り狂い、酒の勢いもあってか『絶対に仕事を辞めさせ、自分が決めた男に嫁がせる』と息巻いていた。

木崎夫人が噂どおりの人ならやりかねないと思ったが、彼女ならどうとでも対処しそうな気がする。

それなのに敢えて契約結婚を提案したのは、美味しそうに食事を楽しみ、年上の自分に憐れみの視線を向けてくる彼女といるのが面白そうだと思ったからだ。

ちなみに念のため確認したところ、彼女の縁談相手として名前を挙げられたバカ息子が、乃々香を気に入り、夫人を介して縁談を持ちかけているのは事実らしい。だが、結婚どころか見合いの算段もついていないとのことだった。

思うに、嫌がらせとして縁談を受けるか、乃々香が資産家に嫁ぐ可能性を潰すかで悩んだ木崎夫人が、自分のところで話を止めていたのだろう。たまたまあの場の勢いで乃々香にその話をしたところ、想像以上に彼女が拒絶感を示したことで夫人の意地悪心に火が点いたようだ。

その程度の状態なので、件のバカ息子は、乃々香が既婚者になったと知ればそのまま諦めるだろう。

「おい、享介。聞いているのか？」

食事会でのあれこれを思い出していた享介は、父の怒鳴り声で我に返った。

乃々香のことを思い出している間も、父の小言は続いていたらしい。

「社長、こいつにはなにを言っても無駄ですから、いい加減諦めた方がいいですよ」

智史がこちらに冷めた視線を送りつつ父に助言している。

この兄は、昔から自分を邪険に扱い、早く会社から出ていけばいいという態度を取ってきた。

そういう時、いちいち俺を敵視しなくてもこの会社はアンタのものだと教えてやりたくなるのだが、それを口にしたところで自分を毛嫌いしている智史の耳には正しい言葉として届かないだろう。

——まあ、いいか……

ＭＫメディカルを離れれば、終わる話だ。

「改めて確認しておきますが、父さ……社長としては、俺が木崎院長の孫娘と結婚すれば満足なんですよね？」

「まあ……」

「木崎院長の孫娘と結婚したら、会社を辞めてもいいと?」

「……」

亨介の問いに父が微妙に視線を彷徨わせたのは、約束どおり結婚したところで、これから先も面倒事を押し付けるつもりでいるからだろう。

長兄を敬い、弟の自分は都合のいい道具として扱う親に辟易する。亨介は乃々香の選択に感謝しつつ、口角を上げた。

「それなら、社長のご要望にはお応えしましたので。これを機に辞めさせていただきます」

「……どういう意味だ?」

「なんだお前、結婚する気になったのか?」

智史が心底意外そうな顔をするが、亨介は首を横に振り、勝者の笑みを浮かべる。

「する気になったのではなく、今朝、結婚しました。木崎院長のもう一人の孫娘の方と」

「あっ!」

一瞬意味がわからず目を瞬かせた父は、すぐにあの場所に居合わせた乃々香を思い出したらしく、箸を落とした。

そして唇をわななと震わせ、唸るように「あっちの孫は……」と呟くので、その後の台詞を引き継いでおく。

「木崎総合病院を陰で牛耳っていると噂の木崎夫人が、目の敵にしていますね。ついでに言えば、彼女にも夫人の決めた相手との縁談が進んでいるようですよ」

「お前……」

亨介の説明で事情が呑み込めたのか、智史が驚愕の表情を浮かべて立ち上がる。

落ちた箸を拾い上げた亨介は、落とし主の父へそれを差し出す。

「このことが木崎夫人の耳に入れば、面倒なことになるのは目に見えてますよね。それならいっそのこと、さっさと俺をクビにして、夫人には『両家の顔に泥を塗ったから勘当した』とでも説明した方が、三國の体面を保てるんじゃないですか？」

話しながら箸を揺らしたが、父は一向に受け取ろうとしない。仕方なく、亨介はテーブルに箸を置いて立ち上がった。

「俺は義理を果たしました。後は好きにしてください」

ここまで追い込めば、さすがに自分の退職を認めるしかないだろう。

そのまま社長室を出ようとした亨介は、戸口脇であんぐり口を開けて棒立ちになっている吉田と目が合った。

「ぼ……坊ちゃん、ごけ……婚おめで…………うございます」

途中から存在を忘れていた彼が、アワアワと酸欠の魚のように口を動かし、やっとの思いで祝福の言葉をくれる。

それは心からの祝福というより、社長秘書の役目から身についた条件反射のようだったが、一応お礼は言っておく。

「おい、吉田っ！」

そんな享介の背後で、父が祝辞を述べた吉田を叱る。

この後、八つ当たりで散々叱られるだろう吉田に同情しつつ、享介は社長室を出てザマアミロと軽く舌を出した。

そのついでに、早々に会社を辞められそうだと荒川にメッセージを送っておく。

それで一度はスマホをポケットにしまおうとしたが、思い立って「あと、結婚した」とメッセージを入れておいた。

するとすぐに既読のマークが付き、荒川から電話がかかってきたが、面倒なのでそれは無視した。

結婚なんて、婚姻届に判を押すだけ——なんてわけ知り顔で語った人に、乃々香は盛大に文句を言ってやりたい気分だった。

きっとその言葉を口にした人は、自分の戸籍に配偶者を受け入れる側だったに違いない。

八月最終週の平日。夏季休暇を利用して、享介のタワーマンションに引っ越してきた乃々香は、積まれた段ボール箱を前に、八つ当たり気味にそんな推測を立てる。

確かに用意された婚姻届に判を押し、区役所の窓口に出しただけで、乃々香はあっさりと三國享介の妻となった。

ただ水谷から三國に苗字が変わったことで、当然のことながら運転免許証に始まり、マイナンバーカードや銀行口座といった諸々（もろもろ）の名義変更が必要になるし、一緒に暮らすとなれば引っ越しの手間も生じる。

そういったことを考えると、とても『婚姻届に判を押すだけ』で片付ける気分にはなれない。

「なにか必要なものはあるか？」

自室にするようにとあてがわれた部屋で、乃々香が一人黙々と片付けをしていると、享介が顔を出した。

まだＭＫメディカルに勤めている享介だが、乃々香が引っ越してくる今日は、わざわざ仕事を休んでくれている。

とはいえ、グリーンサーフネットワークの仕事はあるらしく、さっき見かけた時はリビングで忙しそうにパソコンを操作したり電話対応したりしていた。

どうやら仕事の合間に、乃々香の様子を見にきてくれたらしい。

一緒に暮らすとはいえ、お互い干渉することなく自分のペースで生活すればいい。そう宣言したのは享介なのに、実際に乃々香がくるとやはり気になるようだった。

それほど彼を理解しているわけではないけれど、彼らしいと思ってしまうから不思議だ。

なんとも言えないくすぐったさを感じながら、乃々香は笑顔で首を振る。

「ありがとうございます。大丈夫です」

そう返す乃々香に、享介はどこか怪訝（けげん）そうな様子で室内を見ている。

なにか気になることがあるのかと、乃々香も彼を真似て室内に視線を走らせたが特におかしなものはない。不思議そうにしている乃々香に、室内を見ていた享介が聞く。

「持ってきた荷物はこれだけ？」

問われた乃々香は再度室内を確認する。

「調理器具は最初にキッチンに運んでもらいましたので、これだけですけど……」

なにかお気に召さないものでも持ち込んでしまっただろうかと首をかしげると、戸口に立っていた享介が部屋に入ってきた。

「いや……もっと荷物があると思っていたから」

「え、三國さんが、家具や家電は持ってくる必要はないと言ったんじゃないですか」

結婚に伴い一緒に暮らすことになった乃々香に、享介は好きに使っていいと家具付きのゲストルームを明け渡してくれた。

当初、形だけの夫婦なので一緒に暮らす必要はないと思っていた乃々香は、享介に同居を提案されて戸惑った。

享介の言い分としては、周囲に疑われてはせっかく結婚した意味がなくなるので、一応一緒の家で暮らしたいとのことだ。

彼が乃々香になにかするとは思わないが、ゲストルームは鍵付きだし、簡易のシャワールームもあるという。なにより享介は仕事が忙しく、基本、家には寝に帰ってくるだけらしい。

同居しても一人暮らしとそう変わらないと聞いて、乃々香は彼の提案を受け入れた。

その際の取り決めで、用意したゲストルームの家具はそのまま使ってもいいし、気に入らなかったら乃々香が使っていたものと入れ替えてもいいし、新しく買い直してもいいと、享介は自身のファミリーカードを預けてきた。

もちろん形だけの妻である乃々香が、そんなものを使えるわけがない。

それに、ゲストルームの家具は、どれもハイセンスで作り手のこだわりを感じる品だし、ウォークインクローゼットも備えつけられていた。

そんなところに、わざわざコスパ重視で揃えた最低限の家具を運び込む必要もなかったので、使い慣れた調理器具一式と、衣類や化粧品だけを持ち込んだのだ。

「年頃の女性にしては、荷物が少なすぎるんじゃないか？」

　亨介は指を動かし、運び込まれた段ボールを数える。

「社会人経験が浅いと、こんなものですよ」

　乃々香は自分の前に積まれた段ボールをポンッと叩いた。

　そんな乃々香を見つめ、亨介は「なるほど」と頷く。

「よし、出かけるぞ。準備しろ」

　唐突にそう宣言すると、亨介はくるりと体の向きを変えて部屋を出ていこうとする。

「えっ！　三國さん、仕事中じゃないんですか？」

　急な展開についていけず、中腰になって彼に向かって手を伸ばす。そんな乃々香を振り返り、亨介が薄く笑う。

「仕事の気分転換にちょうどいい。早く準備をしろ」

　乃々香を指差した亨介は、その指をくるくる回し、からかうような口調で言った。

「それと、アンタももう三國だろ」

「……っ」

　改めてそれを自覚すると、妙に気恥ずかしくなる。

　乃々香が頬を赤らめている間に、亨介は部屋を出て行ってしまった。

本当に仕事はいいのだろうかと気になるが、全てにおいて彼が自分のペースで話を進める人であることは、短い時間ですでに理解している。

断る方が時間を労すると理解した乃々香は、扉を閉め、彼をどう呼んだものかと考えながら身支度を始めた。

引っ越し作業で汚れる前提で着てきたくたびれたTシャツを脱ぎ、涼しげな麻のワンピースに着替える。ゆっくりボタンを留めながら、乃々香はそっと自分の胸元を押さえた。

――アンタももう三國だろ……

何気ない享介の言葉に、鼓動が速くなるのは何故だろう。

その理由にたどり着く答えとして、たぶん自分は迷いなく生きる彼の目に弱いのだ、と乃々香は考えていた。

グリーンサーフネットワークのオフィスで、生き生きした表情で自分のいるべき場所を誇示した享介は、乃々香の人生までも変えようとしている。

――自分の両親を誇りに思うなら、その子供である自分を粗末に扱うべきじゃない。

そんなことを言ってくれる人に出会ったのは初めてだった。その言葉があったから、乃々香はあり得ないと思っていた享介との契約結婚を受け入れようと思ったのだ。

といっても、結婚を報告した伯父や祖父からは当然祝福の言葉などはなく、また入籍から今日まで目まぐるしい日々を過ごしていたので、彼と結婚したという自覚が湧かない。

それでも、『アンタももう三國だろ』と言われるのは、決して嫌な気分ではなかった。

「三國乃々香」

薄手のカーディガンを羽織った乃々香は、自分の体に馴染ませるように今の名前を唱えて、乱れた髪を整えた。

身支度をして廊下に出ると、すでに支度を終えた享介が靴を履いて玄関先で電話をしているのが見えた。

乃々香に気付いた享介は、電話を切って玄関のドアを開ける。彼を待たせてはいけないと急いだ乃々香は、焦ってヒールの高いサンダルを突っ掛けようとして体のバランスを崩す。

「あっ」

バランスを崩した乃々香は、壁に手をつくこともできず、そのまま大理石の床へ倒れそうになる。

「おっと」

目の前に立っていた享介が素早く前に回り込み、彼女の体を受け止めてくれた。

「すみませんっ」

自分から彼の胸に飛び込むような姿勢になってしまい、慌てて背中を反らすと、今度は勢い余ってひっくり返りそうになった。

「危ないぞっ！」

慌てて享介が乃々香の腕を掴み、もう一方の腕を腰に回して引き寄せる。

おかげで乃々香の体はバランスを取り戻したが、その代わり彼の体に密着していた。

頬に硬く引き締まった彼の胸板がぴったりと当たっている。

「——っ！」

男性経験のない乃々香は、突然のことにひどく動揺してしまった。

軽々と乃々香の体を支える逞しい腕や、自分とは違う香りに緊張して、真っ直ぐ立っていられない。

「大丈夫か？」

「あの……えっと……っ」

「こら、暴れるな」

この体勢が恥ずかしくて彼の腕の中でそのままもがいていると、享介に軽々と体を抱き上げられてしまった。

享介はそのまま乃々香を上がり框の上に立たせてその場にしゃがみ込み、自分の肩に捕まるよう乃々香の手を誘導する。

「ほら、足を入れて」

足首を固定するベルトを踏まないよう、サンダルの踵（かかと）を押さえて享介が言う。

「自分で……っ」

そこでようやく、彼が自分にサンダルを履かせようとしてくれているのだとわかった。

――もしかして、子供扱いされてる。

気まずさから動きを止める乃々香を、享介が見上げてきた。

「ほら、早く」

そう急（せ）かしてくる享介の表情がいつもと変わらないだけに、過剰反応している自分に居たたまれなくなる。

彼にとっては、これくらい大したことではないのだろう。

少し冷静になった乃々香は、促（うなが）されるまま左足をサンダルに滑り込ませた。享介は丁寧な手つきでサンダルのベルトを止め、右も同様に履かせてくれる。

最後にベルトに指を這（は）わせた享介は「よし」と頷いて立ち上がった。

「行くぞ」

享介が自然な動きで乃々香に手を差し出してくる。

乃々香が目の前の手をまじまじと見つめていると、「転ぶといけないからな」とからかわれてしまった。

「……っ」

――やっぱり子供扱いされている。

ムッとする乃々香に、享介が軽快に笑う。

「冗談だ。夫婦になったんだから、このくらいいいだろ。変によそよそしいのも不自然だし」

「確かに」

契約結婚とはいえ、享介は乃々香との暮らしを楽しむつもりでいるらしい。

それを理解して、急に緊張が解(ほぐ)れる。

「では、お言葉に甘えて」

乃々香が澄ました表情で差し出された手を取ると、享介もわざと恭(うやうや)しい態度で軽くお辞儀をする。そして目を合わせれば、お互いくすぐったそうに笑ってしまう。

乃々香としても、どうせなら彼との結婚生活を楽しみたい。

「どこに行くんですか？」

二人で手を繋いで歩き出してから、今さらながらに、外出の目的を聞いていなかったことを思い出す。

「買い物」

乃々香の手を引く享介が、鼻歌を口ずさむようにそう返した。

◇◇◇

老舗(しにせ)百貨店のＶＩＰルームのソファーで雑誌を捲(めく)る享介は、目だけを動かして外商スタッフに囲まれた乃々香の様子を盗み見た。

「奥様は鎖骨の形が綺麗ですから、こういった胸元の開放的なデザインのものもお似合いになると思いますが」

「えっと、でも……それは……」

しどろもどろで答える乃々香が自分の胸の膨らみを確認している姿に、享介は笑いを噛み殺す。

引っ越してきた彼女の荷物の少なさに驚いた享介は、新妻との親睦(しんぼく)を図る意味も込めて彼女を買い物に連れ出したのだが、本人はひどく居心地が悪そうだ。

若くて美しく、儚(はかな)げな印象を持つ乃々香が甘えれば、喜んで貢ぐ男はいくらでもいただろうに、彼女はそういった思考を持ち合わせていないらしい。

堅実に自分の力で稼いだものだけで、日々の生活を整えている。享介としては、そういう生き方を好ましく思う反面、人生を損しているように思えて、つい彼女を甘やかしたくなった。

形だけとはいえ、自分の妻であればなおのこと。

出がけに、懇意にしている外商に『妻になった女性を連れていくから、身の回りに必要そうなもの全て見繕(みつくろ)ってほしい』と伝えておいたので、到着するなりＶＩＰルームに案内され、続々と商品が運ばれてきている。

担当の外商は、とりあえずメイク関係に詳しい女性スタッフと、一通りのブランドの化粧品を準備して到着を待ち、到着後は乃々香に合う化粧品を選びながら、サイズに合った衣服や装飾品の準備を進めていった。

結果、到着から二時間経った今も、乃々香は次々と商品を勧められ、選択を迫られている。

育ちがいいはずの乃々香は、面白いほど堅実な経済観念の持ち主で、新生活のために色々買い揃えたらいいと言った享介の申し出を、最初は『なにもいらない』と断った。

そこで享介が『あまり安い服を着られると、夫である自分が恥をかく』『妻の役を引き受けると言った以上、俺と不釣り合いな服装をされては困る』と言うと、難しい顔をしながら真剣に服を選び始めた。

どこまでも真面目で素直な乃々香は、外商スタッフにとっていいカモだろう。ここぞとばかりに、あれこれ勧められている。

困り果てた乃々香がたまに視線で救いを求めてくるが、享介は気付かない振りをして雑誌へ視線を戻した。

外商スタッフは別に乃々香をとって食ったりしない。彼女にとっては自己判断のいい勉強になるだろうと、情けない顔をする乃々香に敢えてなにも言わないでいた。

それからさらに一時間。ようやく乃々香は一通りの服やら装飾品やら化粧品やらを選び終えた。

量としても金額としても、拍子抜けするほど少なかったが、乃々香が真剣に悩んで選んだ結果なのでそれを尊重しておく。

それに彼女の選んだ品は、どれもセンスがよかった。

「愛らしいだけでなく、しっかりとされた奥様ですね」

何気なくかけられたスタッフの言葉に、自然と頬が緩む。

享介は乃々香が選んだ服の中で、特に彼女に似合うと思った服に着替えるように勧めた。

スタッフに髪やメイクを整えてもらい、他の商品は自宅に届ける手配をしてＶＩＰルームを後にした。

買い物客で賑わうフロアに出て腕時計を見ると、午後二時を過ぎている。

時刻を確認して、初めて昼食を取りそこねていたことに気付いた。

「お腹は？」

お腹に手を当てた乃々香は、少し考えて首を横に振る。
「大丈夫です。それより、お仕事もあるでしょうから帰りましょう。お腹が空いている
なら、私が買い物をして届けますよ」
心配したつもりが、心配されてしまった。
それに彼女が『届ける』と言ったのも、妙に面白くない。それでは一緒に暮らすマン
ションが、彼女の居場所ではないみたいではないか。
「あまり仕事の心配をされると、効率の悪い無能者呼ばわりされているようで面白くな
いな」
わざと不機嫌な顔をして言うと、乃々香が口をパクパクさせて慌てる。
「そういうつもりじゃ……！」
そうやって彼女の反論の余地を取り上げてから、「時間はあるから食事をしていこう」
と誘う。
「はい」
表情にまだ戸惑いを残す乃々香の手を引いて、テナントの一覧が表示されているパネ
ルの前へ移動した。
そしてパネルを見上げる乃々香を横目で窺う。
さっきまでの乃々香は、艶のある髪を低めのポニーテールに纏め、薄化粧に麻のワン

ピースといった、清潔感はあるが可もなく不可もなくという服装をしていた。

だが今、胸元のざっくり開いたサマーニットにタイトなスカートを穿いて、プロに髪やメイクを整えてもらった彼女は、魅力溢(あふ)れる大人びた女性へと様変わりしている。

その魅力は、彼女とすれ違う男が思わず視線を向けるほどなのに、当の本人はその変化に気付く様子もない。

自分の美しさにあまりにも無頓着(むとんちゃく)な乃々香に、なんだかこちらの方がヤキモキしてしまう。

――どうしたものか……

彼女を不当に扱う木崎夫人たちに苛立ちを覚えるのは、人間として当然の反応だと思う。だが、自分自身を正しく評価しない乃々香にまでもどかしさを感じてしまうというのは、どういった感情なのだろうか。

自分の感情を持て余した享介は、首筋を軽く揉みながら乃々香の横顔を覗き見て軽く眉を動かす。

さっきまであたふたと享介に気を遣ってばかりだった乃々香が、何故か目を輝かせている。

なにが彼女にそんな顔をさせているのかと、しばし彼女とパネルを見比べていると、乃々香が嬉々とした視線を向けてきた。

「三國さん、なにが食べたいですか?」

ソワソワしたその声を聞けば、この中のどれかに彼女の行ってみたい店があるのだとわかる。

——そういえば、食事会の時も心から食事を楽しんでいたよな。

あの時、綺麗な所作で食事をする彼女を、とても美しいと思ったのだった。

「そちらの三國さんは、なにが食べたい？」

そう問いかけると、乃々香が困り顔を見せる。

「夫婦なんだし、名前で呼べよ」

素気なくそう言って、享介はパネルの上に指を滑らせていく。

そうしながら乃々香の表情を窺っていると、指がとある店名をさした時にその顔がぱあっと輝いた。チラリと店名を確認すると、デザートに定評があるイタリアンだ。

店名を爪で叩いて、享介は乃々香の言葉を待つ。

「きょ、享介……享介さんは、なにが食べたいですか？」

乃々香がひどく照れ臭そうに名前を呼ぶ。

そこまで照れなくてもいいだろうと思わなくもないが、それが乃々香なのだろう。

「奥さんが喜んでくれる店に行きたいよ」

享介の言葉にはにかんだ乃々香を見ていると、こちらまで照れ臭くなる。

そしてその感覚は、年甲斐もなく享介をふわふわとした気分にさせた。

——まあ、こんな気持ちも悪くないか。

何事も前向きに楽しむことをモットーとしている享介は、彼女を妻として迎えたのは我ながらいい選択だったと自画自賛して、乃々香を振り返る。

「せっかく結婚したんだから、一緒に楽しもう」

そう言って、享介は乃々香の手を引いて歩き出す。

「はい」

そして弾（はず）んだ乃々香の声に、これからは彼女を色々なレストランに連れて行ってやろうと思った。

3　三回目のプロポーズ

九月のある夜。三國家のキッチンで乃々香が手際よく夕食の準備をしていると、仕事から戻って着替えを済ませた享介が顔を出した。

「なにか手伝おうか？」

「後少しでできるから、大丈夫です」

サラダに使う野菜を刻んでいた乃々香が手元から視線を動かすことなく返すと、首筋に彼の不満げな息が触れる。

仕方なく手を止めてかたわらに立つ享介を見上げると、享介は作業台に手を突いてこちらに不機嫌そうな眼差しを向けていた。

どうやら手伝わせてもらえないことが不満らしい。

わかりやすい表情を見せる享介に、乃々香は内心笑ってしまう。

婚姻届を出して明日で一ヶ月になるが、彼との暮らしは思いのほか快適だった。

伯母たちがなにか言ってくることもなく、平和な日が続いている。

享介の所有するマンションで一緒に暮らすことなり、家賃はもとより光熱費なども彼が負担してくれている。享介はそれで構わないと言うが、さすがにそれでは申し訳ない気分になる。

それで乃々香の方から、朝晩の食事の準備をさせてほしいと申し出たのだった。

同居した当初、享介は、仕事が忙しくてろくに家にいないからそんなことをする必要はないと言っていた。それでも一応と、軽く食べられるものを用意していたら、いつの間にか毎晩食事時に帰宅するようになっていた。

無事にＭＫメディカルを退職して時間に余裕ができたことが大きいのかもしれないが、どうやら乃々香の料理を気に入ってくれたようで、いつも美味しそうに食事をしてくれる。

それが嬉しくてますます料理の腕を振るってしまうのだが、そうすると今度は、享介が手伝わないと悪い気がすると言ってキッチンに顔を出すようになった。

その結果、自然と享介と一緒に過ごす時間が増え、互いに気心も知れてきている。

そのこと自体に不満はない。だけど享介は食後はいつも書斎に籠って仕事をしているので、乃々香としては、帰って食事を済ますまでの短い時間くらいのんびりくつろいでもらいたいと思うのだが。

チラリと視線を向けると、ワクワクした表情でこちらの指示を待っているので、追い返すのも悪い気がしてしまう。

「……グラスとビールを出してください」

少し考えて、乃々香はそう伝える。

「了解」と軽い口調で請け負った享介は、二人分のグラスを準備してくれた。乃々香が片方のグラスにだけビールを注ぎ、次なる指示を待つ享介に言う。

「これを飲んで、おとなしく待っていてください」

上目遣いでニヤリと笑うと、享介はやられたという感じで肩をすくめ、それでも素直に口元にグラスを運ぶ。

そんな彼の姿の姿を確認しながら、乃々香は軽快なリズムで野菜を刻む。

最初の頃は、年上で男性的な魅力に溢れた享介との距離の取り方がわからずに緊張するばかりだったが、近頃はだいぶ慣れてきたので、こうしてやり返すこともある。

乃々香がこんなふうに享介に接することができるのは、彼が「せっかく結婚したんだから、一緒に楽しもう」と言ってくれたことが大きいと思う。

「リビングで飲んでいていいんですよ」

広いキッチンカウンターに体重を預け、立ったままグラスを傾ける享介にそう言うが、彼は「お手伝い中なので」と悪ガキの笑顔を見せてその場を離れない。

一緒にいることは別に嫌ではないので、そのまま調理を続けた。

冷蔵庫から下味を付けた魚を取り出した乃々香は、備え付けの食器棚の扉を開ける。背伸びをして高い位置にしまわれた食器を取ろうとしたら、背中から覆いかぶさるようにして享介がそれを取ってくれた。

「……」

突然、背中に彼の熱を感じて、乃々香の体が緊張する。

享介は乃々香の緊張に気付くことなく、取り出した皿をカウンターに置いてくれた。

「ほら、手伝いがあった方がよかっただろ」

「……もう少し背伸びすれば取れました」

ニヤリと笑う享介に負け惜しみを言いつつ、お礼の言葉を口にする。

乃々香がそんな態度を取ってしまうのは、享介との接触に以前とは違う種類の緊張を覚えるようになったからだ。

「……」

一緒に暮らすようになって、彼の優しさに接することで、心が妙にソワソワしてしまうのだ。

背中に感じた彼の体温が体全体に伝播(でんぱ)してくような火照(ほて)りを誤魔化すように、乃々香はフライパンを取り出した。

よく熱したフライパンにバターを一欠片(かけら)落とす。小さな泡を立てて溶けていくバターを、フライパンを回して全面に馴染(なじ)ませていく。

そこに香草で下味をつけておいた魚の切り身を載せると、キッチンに香ばしい匂いが立ち込めてくる。

「一ヶ月暮らしてみて、俺との生活はどう？」

箸(はし)の先をフライパンに添え、温度の変化を見守る乃々香に享介が聞く。

明日で結婚一ヶ月。享介がそのことを記憶していたとは意外だ。

「申し訳ないくらい、快適に過ごさせてもらってます」

最初の提案どおり、一緒のマンションで暮らしてはいるが、享介は仕事を持ち帰ることも多く、食事を取った後は書斎に籠(こも)って仕事をすることがほとんどだ。

そのため乃々香は、オーディオ設備が整った広いリビングを独り占めして過ごすことが常となっている。

「それはよかった」

乃々香の言葉に、享介は笑顔でそう返してビールを飲む。

そしてグラスについた水滴を指で拭いながら、付け足す。

「俺は家政婦が欲しくて乃々香とこの契約を結んだわけじゃない。共同生活をしているんだから、遠慮せずに、もっと俺に家事をさせればいい」

最初の頃、乃々香を『アンタ』と呼んでいた享介だが、一緒に暮らすようになって自然と名前で呼ぶようになっていた。

同じように、乃々香も彼を名前で呼ぶことに抵抗を感じなくなっている。

「享介さんこそ、変に気を遣わないで、私にもっと家事を任せてくれていいんですよ。特に料理は趣味ですし」

最初はとんでもない結婚の申し出をしてきた享介に戸惑うばかりだったが、一ヶ月近くも一緒に暮らしていると、彼の人柄もだいぶわかってきた。

享介はとても優しくて面倒見がいい。それなのに、そんな自分を恥ずかしく思うのか、からかうような物言いでそれを隠そうとする。

互いの年齢差を考えれば失礼な発言になるかもしれないけど、そういう不器用な優しさに気付くと、年上の彼を可愛いと思ってしまうのだ。

「料理、昔から好きなの？」

　形を崩さないよう丁寧な手つきで魚を裏返す乃々香に、享介が聞く。

「そうですね。母が料理好きだったので、子供の頃よく手伝っていたからか、料理をしていると楽しくなるんです」

　フライパンから上がる香ばしい匂いを閉じ込めるように蓋をする。

「だから就職も食品関係に？」

「ですね。直接顔を見ることはなくても、どこかの誰かが、楽しく食卓を囲む姿を想像しながら仕事をするのは楽しいです」

　なるほど。と、顎の動きで相槌を打つ享介に、乃々香は話を続ける。

「だから、居候の遠慮とかじゃなく、享介さんが私の料理を食べてくれることが単純に嬉しいんです」

　乃々香の言葉に、享介がスープの入った小鍋を覗いて頷く。

「確かに乃々香の料理の腕は、遠慮で頑張っているというレベルじゃないな」

　そして彼は、こちらへ視線を向けて「俺は、ラッキーな結婚をしたな」と笑った。

　それが乃々香の料理の腕前のことを指しているとわかっているので、乃々香も「私を選んで正解でしたね」と、軽い口調で返す。

そうやって軽口を叩きつつ、フライパンの蓋を持ち上げると、美味しそうな匂いがキッチンに広がった。

その香りを堪能しているのか、享介が嬉しそうに目を細める。

自分の料理にそんな表情を見せてくれるのが嬉しくて、乃々香も笑みを浮かべた。

美味しい食事を一緒に楽しんでくれる人がいる。それだけでも、自分はかなりラッキーな結婚をしたのだろうと、乃々香は幸福な時間を噛み締めた。

翌朝、グリーンサーフネットワークのオフィスでプログラムのソースコードを確認していた享介は、その中に〈!――祝、入籍一ヶ月――〉という書き込みを見つけ、応接用のソファーに座ってこちらのチェックを待つ荒川を睨んだ。
乃々香と契約結婚したことで、ようやくMKメディカルを退職してグリーンサーフネットワークに本腰を入れられるようになったというのに、荒川は仕事そっちのけで乃々香との結婚生活について質問ばかりしてくる。
享介がそれを全て無視していたために、新手の手法に出たらしい。
そのままコードの確認を進めていくと、今度は〈!――新婚生活どうよ?――〉〈!――

愛は芽生えた？――〉といったウザい書き込みが顔を出す。

――メッセージが無効化されるように処理されているが、なにをしているのだか。

これで学生時代からハッカソンの注目選手だというのだから、まさに、なんとかとなんとかは紙一重というやつだ。

亨介に視線を向けられた荒川は、ニヤリと悪戯っ子のような笑みを浮かべる。

「で、どうよ？」

荒川には、最初から自分たちが契約結婚であることを告げている。

それを承知しているのに、なにを聞きたいというのだと呆れつつ、乃々香と暮らすようになってからの一ヶ月を思い出す。

「問題ない」

本音で言えば大いに満足しているが、それをこいつに告げると面倒なことになるのは明白だ。

あえてぶっきらぼうに返すが、頭の中では昨夜の夕食のひと時が、幸福な思い出として蘇ってくる。

乃々香の料理の腕は確かだし、仕事が忙しい自分を心配し、栄養管理にかなり気を遣ってくれているようだ。

日々の会話の中でさりげなくこちらの体調を探り、味の調整をしてくれていると気付いたのは、日によって彼女が淹れるコーヒーの味の違いからだった。

いつも美味(おい)しいのだけど、味が微妙に違う。ある日、その理由を乃々香に聞くと、『昨日は遅くまで作業されていたようだったので、カフェインの強いものより胃に優しい方がいいかと思って』と返された。

彼女の話によれば、アメリカの研究で、夜更かしした翌朝をカフェインの力で乗り切ろうとしても、寝ぼけた意識を覚醒させるのには役立つが、パフォーマンス能力は下がるのだという。だから、まずは胃に優しい朝食を取ることで自律神経を整え、通勤の間に徐々に気持ちを仕事に切り替えていった方がいいと言われた。

享介がこの結婚を提案した時は、彼女を保護するような意味合いを持っていたのだが、気が付けば彼女の優しさや気遣いに自分は随分癒(いや)されている。

乃々香にとっては何気ない気遣いなのだろうけど、そんな彼女の優しさに触れる度、享介は『自分は彼女にそこまでしてもらえるだけのものを返せているだろうか』と心配になる。

だからといってお礼の言葉を口にするのもガラじゃないので、週末は、感謝の思いを込めて料理好きな彼女を美味(うま)い店に連れ出したりしているが、それだけでは足りないだろう。

「問題ないって、それだけ？　あんな可愛い子をお嫁さんにもらったのに？　褒(ほ)めるところがないの？」

享介の言葉に、荒川が大袈裟に驚く。

「……料理がうまい」

正直に答える気はないものの、褒めるところがないと思われるのも不快なのでそう返しておく。

すると荒川が、また大きなリアクションを見せた。

「へー乃々ちゃん、可愛いうえに料理上手なんだ。そりゃ、新婚生活が楽しくてしょうがないよね」

荒川がかなり女性に対してフランクな性格をしているのは承知しているが、妻を馴れ馴れしく『乃々ちゃん』と呼ばれるのは、なんとなく面白くない。

この会話はさっさと終わらせた方がいい。そう考えて、享介はわざと重々しいため息を吐いて荒川を牽制する。

「この結婚は契約だ。だいたい俺と彼女が、幾つ離れているか考えてみろ」

興味津々といった感じでこちらに身を乗り出す荒川を軽く睨み、キーボードを叩いて彼の落書きを消していく。

その音を退屈そうに聞いていた荒川は、やれやれといった感じで肩をすくめる。

「まあ、乃々ちゃんに好きな人ができれば終わる関係なんだし、必要以上に親しくされても向こうが迷惑か」

「はぁっ？」

荒川の言葉に享介が片方の眉を持ち上げた。

「契約結婚ってことは、そういうことだろ？　この先、乃々ちゃんが誰かを好きになるのは彼女の自由だし、そうなったら、当然、邪魔な契約は解除するんだから」

「まあ確かに、そうなるな」

享介もそれを想定して、契約結婚を申し込む際に、『いつでも離婚に応じる』と告げていた。

いつかそういう日が来てもおかしくはないが、そうなった未来を想像すると、胃の下がチリチリと焦げるような不快感が走る。

無意識に下腹部に手を添える享介を見て、荒川はニヤリと笑った。

「他の誰かに乃々ちゃんを取られたくないなら、今のうちにちゃんと捕まえておいた方がいいよ」

「……」

くだらないと息を吐いた享介に、荒川は訳知り顔で言う。

「長い付き合いだから、俺はお前の性格をよく知っている。もし本当にただの契約結婚なら、一緒に暮らしたりなんてしなかったはずだよ。お前は、自分のパーソナルスペースに入れる人間を選ぶから」

たぶんその言葉は間違っていない。

それは乃々香が越してくるまで、一度も使うことのなかったゲストルームを見てもわかることだ。

それでも素直に認めるのは癪に触るので、パソコンに集中しているフリをしていると、荒川が「チッチッチッ」と舌を鳴らしながら指を振る。

無視していると永遠に続きそうなので、視線を上げると、荒川がさらにたたみかけるように言う。

「長年の友人として言わせてもらえば、人の好き嫌いがはっきりしてるお前が、一緒に暮らしていてストレスにならない存在に出会えるだけでも奇跡だ。だから、その出会いを雑に扱うなよ」

「共同生活者として、敬意は払っているさ」

不機嫌に返す享介に、荒川は、今度はわかっていないと大袈裟に首を振ってみせた。

なにかとオーバーリアクションでうざい限りである。

「友人として忠告はした。大事にして捕まえておく覚悟がないなら、他の男に取られる覚悟をしておけよ」

明らかにこちらの反応を楽しんでいる様子の荒川は、享介のパソコンを指差し、「最後までチェックしたら色々教えて。昨日徹夜したから寝る」と言うとオフィスを出て行ってしまった。

閉まるドアにため息を吐き、享介は画面に意識を集中する。

だがソースコードの中に〈!――結婚一ヶ月の記念に、食事に誘ってみたら?――〉とか〈!――年の差は、金とマメさでカバーしろ――〉など、なんともお節介な書き込みがあって気が散ってしまう。

椅子を回転させ、窓の外へ視線を向けた享介は、目頭を揉んで再びため息を吐いた。

昼食を兼ねた商談の予定を口実に、享介は荒川に頼まれた確認作業を放棄して外出した。

商談の場所に、相手が宿泊しているホテルの和食レストランを選んだのは、店の味に絶大な信頼を寄せていることと、時差のある国から来ている先方の負担を軽減するためだった。

――今度、乃々香も連れて来てやろうかな。

予定時刻よりかなり早くホテルに着いた享介は、時間潰しに入ったラウンジのコーヒーの味に、彼女が自分のために淹れてくれるコーヒーの味を思い出しつつ考える。

コーヒー片手にタブレットを操作していた享介は、画面上部に表示される日付に視線を止め、乃々香と入籍して一ヶ月が過ぎたことを改めて実感する。

家族に結婚を強要された時には、結婚なんて冗談じゃないと思ったが、乃々香との契約という名の結婚生活はことのほか快適だ。

投資を兼ねて購入したマンションはかなり広く、同居しても互いに干渉せず、それぞれの生活を送ればいいと思っていた。だけど乃々香は適度な距離感を保ってするりとこちらの生活に入り込み、いつの間にか、彼女が自分の暮らしの欠かせない一部となっている。

深く意識したことはなかったが、どうやら自分は自分で思っていたよりもマメで世話焼きな性格をしていたらしい。

最近では仕事で外食する時も、乃々香が喜ぶ店かどうかを考え、彼女が気に入りそうだと思えば休日に連れて行き、そのついでに二人で買い物などを楽しんでいる。

おかげで、仕事とプライベートのメリハリもかなりつくようになった。

――私を選んで正解でしたね。

昨夜、彼女が何気なく口にした言葉に、「まったくだ」と返すしかない。

気が付けば、すっかり自分の生活の軸に乃々香の存在があったので、不意に彼女との関係が解消になる可能性もあるのだと自覚させられると、なんとも言えない気分になった。

そんなことを考えていると、「享介さん」と甘く自分の名前を呼ぶ声が聞こえた気がした。

空耳だろうか……

周囲を見渡した享介は、途端に嫌なものを見つけて眉間に皺を刻んだ。

ラウンジの外から一人の女性が大きく手を振りながらこちらに駆け寄ってくる。

「偶然ですね。食事会以来、連絡をくださらないから心配していたんですよ」

そう言いつつ、断りもなく享介の向かいに腰を下ろしたのは、乃々香の従姉である木崎莉緒だ。

テーブルに肘をつき前屈みになった彼女は、両脇に力を入れて胸の谷間を強調し、なにかをねだるような視線をこちらに向けてくる。

何故彼女がここにいるのだろうかとラウンジの外へ視線を向けると、こちらの様子を窺っていた中年男性がそそくさと離れていく。

その男性の顔に、享介は見覚えがあった。

財界人のパーティーかなにかで顔を合わせたことのある男性の名前と、彼が経営する会社名、ついでに彼が既婚者であることまで思い出す。

既婚者である彼が莉緒の様子を窺い、享介の視線に気付いた途端逃げるように立ち去る姿を見れば、彼女がこの場所にいる理由にも察しがつく。

ただでさえ、まだアルコールが残っていそうなとろんとした眼差しや、メイクの上からでもわかる上気した肌や湿り気の残る髪を見れば、彼女がこのホテルに宿泊していたことは容易に想像できる。そしてその部屋には、あの男も一緒に泊まっていたのだろう。

「父の知人の方に、ここのレストランのランチをご馳走になってたんです」

享介の視線がどこに向けられているのかに気付いた莉緒は、甘えた声でそう話す。

ランチ営業が始まるにはまだ時間があるので、随分と見えすいた嘘だ。

きっと彼女は、乃々香のように相手のためを思ってコーヒーの味を変えたりはしないし、享介を優しい気分にもさせてくれない。

そう思うと、彼女と同じ空間にいることに苦痛を覚える。

あれこれ考えていると、莉緒がさらに身を乗り出してきて甘えた声を出す。

「享介さん、聞いてますぅ？」

苛立ちを隠さずに視線を向けると、莉緒が拗ねたようにグロスで濡れた唇を尖らせた。

人によっては魅力を感じるかもしれない仕草だが、享介には安っぽい娼婦にしか見えず、不快でしかない。

その馴れ馴れしい態度から察するに、どうやら彼女の中では自分との縁談は現在進行形のようだった。

三國の家から木崎の家に謝罪はあったはずだし、乃々香から伯父に入籍の報告もしたと聞いているが、その情報が彼女まで届いていないのだろうか。

どうでもいいことだが、そうだとすれば、享介の婚約者を自称しておいて他の男性とホテルにいる彼女の貞操感はかなり問題がある。木崎夫人はどんな教育をしたのやら。

そんな女に、これ以上婚約者気取りで振る舞われるのは不愉快極まりない。

「すみませんが、仕事がありますので失礼します」

腕時計に視線を落とし、時間を口実にその場を離れようと腰を浮かせると、莉緒があり得ないといった感じで目を見開く。

「私たち、挙式に向けて話し合わなくてはいけないことがいっぱいあると思うんですけど。妻に全てを任せる男なんて、私は許さなくてよ」

澄ました顔でそう告げる莉緒に、やはりなにも聞かされていないのだと確信する。

享介は冷めた息を吐くと、完全に立ち上がって莉緒を見下ろす。

「失礼だが、私は貴女と結婚するつもりはありません。第一、私にはすでに妻がいますから」

享介のその言葉に、莉緒がポカンとした表情を浮かべる。

その表情を見て、ふと三國の家は、実はまだ謝罪の報告をしていないのかもしれないと思った。

木崎夫人の逆鱗（げきりん）に触れるのを恐れて、のらりくらりと曖昧（あいまい）な態度を取り続けているのかもしれない。

考えてみれば、そうでなければ、乃々香とのことを知った木崎夫人が黙ってはいないだろう。

なんにせよ、享介の知ったことではないが。

「そんな話、聞いてませんっ！　貴方は、私の夫になるんですっ！」

しばしポカンとしていた莉緒が、金切り声を上げる。

「お断りだ」

どこまでも自分本位な莉緒の言葉に、享介は冷めた声で返す。

「よくも……私の父や祖父が医師会でどういった存在か、わかって言ってるの⁉」

こんなに声高に、自分にはなんの価値もないと語る人間を初めて見た。

「ハッ」

虎の威を借る狐そのままの姿に、妙な声を漏らしてしまう。

相手を小馬鹿にした享介の表情に、莉緒の顔が醜く歪む。

彼女の顔を見ていると、人間の表情の美しさは、その人の心根を反映しているのだとつくづく思う。

――本当に、乃々香とは大違いだ。

昨日、言葉巧みに自分に晩酌を進めた乃々香の、してやったりという表情。料理を褒められた時の照れ臭そうな笑い方。自分と結婚して正解だったと、冗談めかして胸を張る姿。

彼女の自然な表情一つ一つが、完璧なメイクを施した莉緒よりよほど美しく愛おしい。

「……」

愛おしいと、胸に自然と浮かんだ言葉が心にスッと馴染んでいく。

妙なタイミングではあるが、醜悪な女性を前にしたことで、自分が乃々香に抱いている感情がなんであるかを自覚してしまった。

荒川が乃々香を親しげに呼ぶのが不快なのも、彼女と過ごす時間が心地いいのも、全てはそういうことなのだ。

「聞いてるのっ！」

不意に黙り込んだ享介に、莉緒が再び金切り声を上げる。

その声を耳にしたことで、意識が目の前の女性へと引き戻されたが、自分の人生には関係のない存在だ。

彼女との縁談を持ってきたのは実家なわけだから、後始末も彼らがすればいい。

「私は勘当されたので、事実確認は三國にしてください。それでは、これ以上時間を無駄にする気はないので」

せっかくのコーヒーをほとんど飲まずに出るのは残念だが、これ以上彼女に付き合うのは耐えられない。

　享介は莉緒が追いかけてこないよう、一際冷めた目で彼女を見下ろし、口の隅に嘲り（あざけ）の笑みを浮かべる。

「失礼よっ——私は木崎総合病院の……」

　こんな視線を向けられる筋合いはないと、莉緒が唇を震わせる。

「自分の人生に、生まれしか誇れるものがない人間は哀れだな」

　友人の荒川は、享介は誰にでも優しいとよく言うが、それは大きな間違いだ。

　人の好き嫌いが激しい享介は、自分が認めた相手以外には至極冷徹になれる。

　享介の心からの侮蔑（ぶべつ）の言葉に、莉緒が大きな音を立てて立ち上がった。

「そんなこと言って、後悔させてやる。おじい様に言えば、ＭＫメディカルなんて……」

「どうぞご自由に。私はもうＭＫメディカルの社員ではないので」

「なっ！」

　享介が冷静に返すと、それ以上の攻撃方法が思いつかないのか、莉緒が拳（こぶし）を握り締めて下唇を噛む。

　どうやら本当に、木崎院長の孫娘という肩書きの他に誇れるものがないらしい。

　今すぐ乃々香に、こんな女より君の方がよっぽど素晴らしいと言ってやりたくなる。

「……」

家に帰れば当然のように顔を合わせるのに、少しでも早く彼女に会いたいと思う。

渇いた喉が水を求めるように、ささくれだった心が自然と彼女の存在を求めてしまう。

そんな自分の心に気付いて、享介は苦笑した。

悔しいが荒川の言うとおりなのだろう。

参ったな――莉緒に聞こえないように呟いた享介は、髪を掻き上げながら踵(きびす)を返す。

「ちょっとっ！」

これ以上関わる義理はないと、享介は莉緒を無視してラウンジを後にした。

「クリスマス、どうしようかなぁ」
乃々香と同僚の里奈が午前中の仕事に区切りをつけ、昼食を買いに出かけようかと話していたタイミングで、打ち合わせから戻ってきた上司の田渕が、お土産(みやげ)のドーナツを配りながら唸(うな)る。
九月中旬の今、季節はまだ夏といった感じだが、打ち合わせの場ではすでにクリスマスメニューについて話し合っているらしい。
ソレイユ・キッチンは大まかに四つのグループに分かれていて、毎月のミールキットのレシピ案を出し合っている。提案したレシピが幾つ採用されるかはその時の流れ次第でばらつきがあり、一つも採用されないということもある。

それでペナルティがあるというわけではないのだが、せっかく考案したレシピが採用されないのは純粋に悔しい。特にクリスマスのようなイベントメニューでは、なおのこと気合が入るというものだ。

指を汚さず食べられるようにと、田渕が紙ナプキンで包んだドーナツを乃々香に差し出す。

お礼を言ってそれを受け取った乃々香が提案する。

「クリスマスなら、家族で楽しめるメニューがいいですよね。メインの料理もだけど、年齢の違う家族がそれでもみんなで楽しめるデザートとか」

乃々香の言葉に、田渕は「いいね」と頷く。

そしてそのままあれこれ想像を巡らせているのか、里奈にドーナツを手渡す田渕の視線はどこか遠くに向けられている。

一通りドーナツを配り終えた田渕は、自分の分を手に取りじっと考え込む。

ドーナツ片手に物憂げな表情で黙り込む田渕の助けになりたいと、周囲のスタッフが集まり、あれこれ提案していく。

そんな会話に耳を傾けながら、アイディアのヒントを探そうとスマホ画面を開いた乃々香は、一瞬嬉しそうに微笑んだ。

　そんな乃々香の表情に気付いて、里奈がこちらに首を伸ばす。

「どうかした？」

「えっと……夫から、せっかくだから、今日は外で食事をしないかって」

「なに、デート？」

「新婚さんは、ラブラブだね」

　近くにいた同僚にそう茶化されて、どう返せばいいかわからない乃々香は、ドーナツを口に運ぶ。

　表面にココナッツパウダーがまぶされたチョコレート味のドーナツをゆっくり堪能していると、自分のドーナツにかぶりつきながら里奈が聞いてくる。

「せっかくだから……って、今日はなにかの記念日？」

　その問いに、乃々香は口をもごもごさせながら首を縦に振る。

　今日は入籍してちょうど一ヶ月の記念日だ。

　昨日彼がその話題に触れていたが、まさか食事に誘ってもらえるとは思わなかった。

　忙しいのだからそんなふうに気を遣ってくれなくてもいいと思うのだけど、食事の誘いに心が弾む。

　彼はいつも、乃々香の知らないお店に連れて行ってくれるし、味も折り紙付きだ。それに料理を待つ間、いつもと違うペースでゆっくり話せるのも嬉しい。

昨日は半分冗談で『私を選んで正解でしたね』と嘯いたものの、自分はなかなか手のかかる妻なのかもしれない。

その辺は反省すべき点もあるとは思うが、嬉しいものは素直に嬉しい。

それでつい、即答で喜びを表現するスタンプを送ってしまう。

すると即、享介からも、「楽しみにしている」と返事があった。

その些細なやり取りに自然と頬が緩む。

仕事帰りに享介と食事に行くなら、もっとお洒落をしてくればよかったとがっかりしつつ、乃々香は仕事の終わるおおよその時刻を享介にメッセージで伝える。

「そういえば最近の若い子って、結婚指輪とかしないの？」

スマホを操作する乃々香の手元に視線を向けて、田渕が誰ともなしに問いかけた。

その言葉に反応して、他のスタッフの視線も乃々香の手元に集まる。途端に、罪を見咎められたような気分になってしまう。

「私、指輪の代わりにペアウォッチ買いましたよ。その方が実用的だし」

そう返すのは、一年ほど前に結婚した先輩社員だ。

ついでに言えば、結婚式も挙げずに記念写真を撮っただけだと彼女が付け加えると、普段からコスパ重視の先輩社員の意見に、周囲は納得した様子で笑う。

彼女のその発言で、会話は親戚や知人の結婚式での笑い話へ逸れていく。

乃々香は、他愛ない微笑ましい話に耳を傾けながら、飾るもののない自分の左手薬指に視線を落とした。

契約結婚とはいえ、かなり幸せな日々を送らせてもらっている。

それなのに、最近の自分は随分と欲張りになって、その幸せに物足りなさを覚えてしまうから困ったものだ。


その日、午後の業務を終えた乃々香が帰り支度をしていると、田渕に声をかけられた。

「水谷さん、これから旦那さんと待ち合わせ？　どっち方面？」

職場では旧姓で通しているので、ソレイユ・キッチンのスタッフは今も乃々香を「水谷」と呼ぶ。

「お疲れ様です。はい……」

乃々香が都内にある複合商業施設にあるカフェの名前を口にする。

「ちょうど僕もそっちに用事があるから、よかったら途中まで一緒に行こう」

「構いませんけど、なにかありましたか？」

普段、そんな誘いを受けることがないので、妙に緊張してしまう。

そんな乃々香の緊張を察した田渕は、人懐（なつ）っこい表情を浮かべた顔の前で軽く手を動かす。

「さっきのクリスマスメニューについて、もう少し水谷さんの意見を聞きたいだけだよ」

休憩時間にクリスマスメニューについて意見を出し合った際、乃々香が口にした『年齢の違う家族がそれでもみんなで楽しめるデザート』という言葉が、田渕の感覚に引っかかったらしい。

さっきは世間話に話題が逸れてしまったが、乃々香がどういった類（たぐい）のお菓子を想定して発言したのか教えてほしいのだという。

思い付きで口にしたアイディアを、話し合うことで形にしていくことはよくあることなので、乃々香は田渕と話しながら地下鉄に乗る。

二人で冷房の効いた電車に揺られながら、乃々香は小さくカットしたケーキにマジパンなどを使って各々で好きな飾りをデコレーションしてはどうかと提案した。

乃々香がクリスマスで思い出すのは、幼い頃に両親と過ごしたクリスマスだ。なので、どうしてもイメージは家族向けのメニューになる。

子供の頃、料理好きな母親のお手伝いをするのは楽しかった。その中でもお菓子作りは、生地（きじ）を練ったり成型したりする作業が粘土細工（ねんどざいく）をして遊んでいるような感覚があり、特に楽しかったのを覚えている。

だから特別な日の特別なお菓子は、最高にワクワクできるものにしたい。

それは田渕のイメージするクリスマスメニューに近いのか、彼は乃々香の話に熱心に耳を傾けてくれた。

話している間に目的の駅に着き、待ち合わせ先の商業施設に向かう。歩きながら、夕方になっても色濃く残る夏の気配に乃々香はふと笑みを零す。

まだ夏だというのに、もうクリスマスの話をしているなんて妙な気分だ。そう話す乃々香に、田渕は「あと一年もすれば、それを普通に感じるようになるよ」と笑った。

なんでも、田渕はセミの鳴き声が聞こえる頃にハロウィンについて悩み、夏季休暇を取る頃にはクリスマスやお正月を意識するのだという。

ちなみに社長は、セミの声を聞く頃には、すでにクリスマスやお正月を意識しているそうだ。

「常に季節を先取りしているんですね」

田渕の話し方が軽快で耳に心地よいので、乃々香はつい笑ってしまう。

「最先端を行く男と言ってくれ」

乃々香に調子を合わせて、田渕はそんな軽口を叩いて胸を張る。

そんな田渕と世間話をしているうちに目的地のカフェにたどり着いたので、そのまま挨拶(あいさつ)をして別れようとしたら、田渕がスマホを見せてきた。

「水谷さんが言ってたの、こういう感じ?」

田渕が差し出すスマホ画面には、雪だるまやサンタの形をしたマジパンが乗ったカップケーキが映し出されている。

電車で話していた時は混み合っていてスマホを操作できなかったので、このタイミングで画像検索をしたらしい。

「そうです。こういう感じ、可愛いですよね」

茶目っ気のあるサンタクロースの姿に、乃々香は子供の頃の思い出を重ねて声を弾ませる。

と同時に、享介と二人で過ごすクリスマスには、このケーキは可愛すぎるとも思う。

――享介さんと一緒に食べるなら、どんなケーキがいいかな……。

過去の記憶ではなく、この先のクリスマスを想像して表情を明るくする乃々香の前で、田渕は画面をスクロールさせる。すると今度は、カラフルなクリームを花びらのような形に盛り付け、小さな砂糖菓子をトッピングしたカップケーキが映し出された。

クリームを絞り出す金具口の形を変えれば、簡単に様々な形の花びらを作れる。その辺のコツは、動画配信の方で紹介していけばいい。

そんなことを話しながら田渕は、一定のリズムで画面をスクロールさせていく。それを眺めながら享介と二人で迎えるクリスマスについて考えていた乃々香は、一つのケーキの写真に「あっ」と、声を漏らした。

乃々香の反応を受けて指の動きを止めた田渕は、画面を確認して軽く顎を動かす。

「小さな子供がいない人には、こういうバージョンを提示するのもいいかな」

二人が興味を示したのは、水色のアイシングで表面を固め、その上に天使の形をした白の砂糖菓子や銀色のアラザンが飾られたケーキだ。

「いいですね」

そう返す乃々香の頭の中には、自然と亨介と囲むクリスマスの食卓が描かれる。

つい最近まで他人だった彼との未来を当然のように想像できる状況がくすぐったくも嬉しいのは、多少奇妙な契約関係ではあるが、彼を自分の家族だと思っているからだろう。

乃々香と一緒に画面を覗き込む田渕が、ふむと考え込むように息を吐く。

「ケーキ本体は冷凍にして、飾りだけ幾つかのバージョンに分けてキットを販売する。その場合……」

スマホを持っていない方の手を口元に添えてボソボソ呟く頭の中では、目まぐるしく原価計算が行われているのだろう。

彼が原価計算を始めたということは、乃々香の発想はかなり気に入ってもらえたようだ。

そのことに内心ガッツポーズを作っていると、不意に誰かに腕を引かれた。

「――っ！」

その衝撃に驚いて顔を向けると、どこか焦った表情を浮かべる享介と目が合った。

「享介さん……」

何故彼がそんな顔をしているのだろうかと驚いて名前を呼ぶと、彼はしまったという感じで乃々香から手を離して咳払いをする。

「もう来ていたから驚いて」

どこかばつの悪そうな享介は、チラリと田渕へ視線を向けた。

「はじめまして、水谷さんと同じ職場で働いている田渕と申します。すみません、仕事の話で盛り上がってしまって……近すぎましたね」

そう言って、田渕がカラフルなクリスマスケーキが並ぶスマホ画面を見せる。それに拍子抜けしたように息を漏らした享介は、すぐに表情を整えて田渕に右手を差し出した。

「妻がお世話になっています。夫の三國享介です」

そう自己紹介をした彼は、社交的だが、どこか相手を拒絶する空気を纏っている。

でもそれは彼を知る乃々香だからわかる些細な違いなので、田渕は気に留める様子もなく、親しげな表情でその手を握り返した。

短い握手を終えると、享介は乃々香の肩を抱く。

「行こうか」

カフェで待ち合わせの予定だったが、中に入る前に会えたので、そのままレストランに向かうことにしたらしい。

乃々香が頷くと、田渕は二人に会釈して離れていった。

「……」

「田渕さんのこと、嫌いですか？」

その背中を見送る享介が不満げに息を吐いたので、ついそう聞いてしまう。

乃々香にチラリと視線を向けた享介は、その問いに答えることなく、プイッと視線を逸らして歩き出す。

彼らしくない反応に戸惑いつつ、乃々香は肩を抱かれたまま歩いていく。エレベーターに乗り込むタイミングで肩を抱く手を解いた享介が、ぼそりと言った。

「乃々香が、俺の知らない男と親しげに話していたから焦っただけだ」

「え？」

それはどういう意味かと、驚いて彼を見上げると視線を逸らされてしまった。

顔を背ける彼の首筋が、やけに赤い。

――もしかして嫉妬して？

その考えに思い至った乃々香の頬も赤くなった。

互いに赤面して黙り込み、エレベーター内に妙にくすぐったい沈黙が満ちる。

エレベーターが指定の階に到着すると、享介は当然のように乃々香の手を引いて歩き出す。

そのことを嬉しく思いつつ、自分からも手を握り返して歩き出すと、バッグの中で乃々香のスマホが鳴った。

それに気付いた享介が足を止めて手を離してくれたので、乃々香はバッグからスマホを取り出し画面を確認する。

「……っ！」

表示された名前に乃々香が息を呑むのを見て、享介の表情が険しくなる。

「誰から？」

乃々香は、困惑と不安が入り混じった表情で彼にスマホ画面を見せた。

そこに表示された木崎和奏の名前。それを見た享介は、好戦的な笑みを浮かべて無言で乃々香の手からスマホを取り上げた。

「あのっ」

享介は唇に人差し指を添え、乃々香に黙っているように目配せすると、通話ボタンをスライドさせる。

「もしもし、三國乃々香の電話ですが」

このフロアは他の階に比べて人が少ないが、それでも人の流れはある。享介は乃々香の肩を抱き寄せ、通行の妨げにならない場所に誘導しながらそう切り出した。

　すぐに、電話から伯母の和奏の金切り声が聞こえてくる。

　その声に、享介は少しスマホを顔から離して不快そうに片目を閉じた。

「私ですか？　彼女の夫の三國享介です……そうです。もちろん、ＭＫメディカルの三國家の享介です。……ええ、食事会の席でお会いしましたね。その節はどうも。おかげで、素敵な女性と出会うことができました。妻は今手が離せないので、私が話を伺います」

　一瞬の沈黙の後、怒気をはらんだ伯母の声が漏れ聞こえてきた。離れていても伝わってくる伯母の剣幕に、条件反射のように体を強張(こわば)らせた乃々香の背中にじわりと嫌な汗が滲(にじ)む。

　その体の変化を感じ取った享介が、乃々香の肩を抱く手に力を込める。体を密着させると、ワイシャツ越しに彼の鼓動が伝わってきた。

「……話を聞いたのなら、そのとおりです。私はすでに結婚していますので、お嬢さんとの結婚はあり得ませんね。……その相手が乃々香だと知った？　三國の家は承知している話ですし、貴女のご主人も知っているはずです」

　その言葉に、一際激しい伯母の声が聞こえてくる。

「どういうことっ！」「そんなの聞いてないっ！」そんな怒声が、乃々香の耳まで届く。

　享介はその声に煩(わずら)わしげな顔をするが、澄ました声で、「私も妻も、結婚した際に近しい者にはきちんと報告しています。それを聞かされていないのでしたら、それは貴女の人徳によるものじゃないですか」と、伯母の怒りを煽る。

露骨に嘲る享介の口調は、明らかに喧嘩腰だ。

伯母を怒らせたら大変なことになるのではないかとハラハラする乃々香に、享介は大丈夫と言いたげに目配せしてくる。

「貴女だって、乃々香に結婚するべきだと力説していたじゃないですか。なんの問題があるんですか？　……彼女のように素晴らしい女性を妻にしたいと思うのは、男として当然のことですよ」

臆面もなくそんな言葉を口にする享介は、自然な動きで乃々香の肩に添えていた手を彼女の頬に移動させた。

一見、公衆の面前で戯れるカップルのように見える仕草だが、頬に触れる彼の手が大きいため、自然と乃々香の片耳を塞ぐ形となる。片方の耳を彼の胸に押し付け、もう一方の耳を手で塞がれると、電話の向こうから断片的に聞こえていた伯母の声が遮断される。

「……」

享介の鼓動しか聞こえない世界で彼を見上げると、享介が優しく微笑んでいる。

強気な表情で乃々香を包み込む彼は、伯母の罵倒から自分を守ってくれているのだ。

その優しさに身を寄せるように、乃々香は享介の背中に腕を回してさらに体を密着させる。

忙しい伯父や祖父を煩わせないために自分が強くあればいい。そう覚悟を決めて、一人で奮闘してきたが、彼には頼ってもいいのだと素直に思えた。

乃々香にそう思わせるだけの逞しさが、享介にはあるのだ。

彼が側にいてくれることで、乃々香の心にも生きる力が湧いてくる。だからこそ、彼の妻として恥じない強さがほしいと思う。

その覚悟を伝えたくて、乃々香が「大丈夫です」と微笑み、彼の背中を軽く叩く。享介は抱きしめる腕の力を僅かに緩めて微笑むと、すぐに表情を引き締めて再び口を開く。

「話はそれだけですか？」

そう問いかける享介の声は、ひどく冷ややかだ。

内で燃え上がる彼の怒りが伝わったのか、さすがの伯母も黙ったようだ。享介はそのまま言葉を続ける。

「訴えるというのならどうぞ。私の家族とどんな話をしていたのかは知りませんが、私がお嬢さんにプロポーズをした記憶はありませんので、訴えるのなら家族の方にしてください。……その場合、当然私も莉緒さんとの結婚を望まない理由を公の場で説明する必要が生じます。……例えば今日のように、既婚者の男性と外泊された姿を見たとか」

享介は、冷笑を浮かべて続ける。

「わざわざ裁判を起こして、素行の悪い娘が婿候補の男に逃げられたと宣伝したいんですか？　逃げた男は、彼女の従妹と結婚したというのに」

そこまで話して電話を切ろうとした享介は、思い出したように付け足す。

「念のためにお伝えしておきますが、私はかなり行動力のある人間です。貴女が私の妻に危害を加えるようなことがあれば遠慮なく報復させてもらいますので、なにか行動を起こす前には、そのことを思い出してください」

そう宣言して電話を切った享介の声には、ただの脅しとは思えない凄みがあった。彼のこれまでの功績を知る者には、その行動力のほどは容易に想像できるだろう。

「勝手に悪かった」

そう言ってスマホを返してくる享介に、乃々香は首を横に振る。

「いえ。守ってくれて、ありがとうございました」

そう素直にお礼の言葉を口にする。だけど、これだけは伝えなくてはと、真面目な顔で彼を見つめた。

「でも、享介さんが思っているより、私は強いです。だから享介さん一人で、私の問題を抱え込むようなことはしないでください」

守ってくれる人がいてくれることは素直に嬉しい。だけど、おんぶに抱っこで享介に負担をかけるだけの人間にはなりたくはないのだ。

乃々香は彼の負担になるのではなく、妻として、彼が迷いなく自分の道を進めるようにサポートする存在でありたいと思う。

　そんな想いを込め、強い眼差しを向ける乃々香の言葉に、享介は一瞬目を見開き、尊いものを眺めるような眼差しを向けてきたが、すぐに視線を落として首を横に振る。

「悪いが、俺は乃々香の全てを抱え込みたいと思っているから、その約束はできない」

「……？」

　それはどういう意味かと眉を寄せる乃々香へ視線を戻し、観念したように息を吐いた享介は、そっと首を傾けて腰を折る。

　そしてその動きを見守る乃々香の頬に唇を触れさせた。

「へっ？」

　薄く乾いた唇が頬に触れ、すぐに離れる。

　突然の行動の意味することが理解できずに呆然としていると、数秒遅れて頬にキスをされたのだと気付いた。

　頬に手を添えて目を丸くする乃々香に、享介が困り顔で返す。

「君を愛している。……契約違反かもしれないが、できれば謝りたくない」

　不意打ちの告白に、乃々香が目を瞬かせた。

　じわじわと言葉の意味が心に沁みてくると共に、契約結婚だからと敢えて意識しないようにしていた恋心が溢れ出す。

「わ、私も、享介さんが好きです」

抑えきれない感情のまま、乃々香も自分の想いを言葉にする。

一瞬、驚きで目を見開いた享介だが、すぐに「俺に惚れるなよって、言ったのに」と澄ました顔でからかってくる。

なんとも彼らしい反応に、おかしくてクスクス笑ってしまう。

享介も自分の言葉が恥ずかしくなったのか、照れ臭そうに鼻を掻く。

乃々香のクスクス笑いが収まるのを待って、享介が手を差し伸べてきた。

「この続きは、食事を取りながらゆっくり話そう」

「そうですね」

笑顔で頷いた乃々香が、彼の手を取る。

胸に溢れる想いは、簡単には語り尽くせそうになかった。


案内されたレストランの個室で、乃々香は先ほど田渕と話していたクリスマスケーキについて説明した。

「面白そうだな」

乃々香の話を聞いた享介が、感心したように頷く。

「享介さんのおかげで、思いつきました」

そのタイミングで、前菜を運んできたウェーターが料理の説明をしてくれたので、話が中断する。

着色料を使ったのかと思うほど鮮やかな青色をしたジュレの正体が気になって確認すると、ウェーターがバタフライピーだと教えてくれた。

その説明で納得した乃々香と違い、享介が不思議そうな顔をしているので、チョウ豆という植物の花だと説明する。

「乃々香といると、色々勉強になって面白い」

享介は感心した表情で言うが、それは違う。

「それは私の台詞(せりふ)です。クリスマスケーキの案だって、享介さんのおかげなんですよ」

そう言って、乃々香はさっき中断した話を再開する。

「子供の頃の印象が強くて、私の中でクリスマスはずっと親子のイベントっていうイメージだったんです。でも享介さんと一緒に暮らすようになって、二人でクリスマスを過ごすイメージが普通に浮かんで、それで色々なシチュエーションでそれぞれが楽しめるクリスマスケーキってどんなのだろうって考えたんです」

このまま享介と暮らしていけば、今年のクリスマスは二人で過ごすことになる。

その時、彼とどんな料理を食べようかと考えると、乃々香の想像は自然と広がっていく。

それだけでなく、享介があちこち食事に連れ出してくれることが、いい刺激となって仕事にも還元されているようだ。

「そう。よかった」

乃々香の話に、享介がくすぐったそうに目を細めて笑う。

享介と乃々香は、そのままお互いの仕事や学生時代の思い出などを話題にしながら、食事を進めた。

どちらもさっきの伯母からの電話について触れないのは、この幸せな時間に、不快な思いを割り込ませたくないからだ。

そうして料理と会話を楽しんでいるうちに、最後のデザートとコーヒーが運ばれてきた。

コーヒーに視線を落として神妙な面持ちでそれを味わった享介は、小さく顎を動かしカップをソーサーに戻して言う。

「乃々香が淹れてくれるコーヒーが一番美味しいよ」

その言葉に乃々香は誇らしげに頷く。

「明日の朝も、享介さんのためにコーヒーを淹れますね」

そう返した乃々香に、享介が真剣な眼差しを向ける。

「乃々香、俺と結婚してくれないか?」

もちろん享介と乃々香は、とうに結婚して正式な夫婦となっている。

でも彼が言っているのは、そういう意味ではない。それがわかるからこそ、乃々香は幸福感に胸を熱くする。

突拍子もない最初のプロポーズや、花束片手に悪ふざけが見え隠れした二回目のプロポーズとは違う、心から乃々香の愛を乞うプロポーズだ。

それはどんなシチュエーションよりも、乃々香の胸を熱くする。

「はい」

感動で、答える声が微かに震えてしまう。

乃々香の返事にホッと安堵の息を吐いた享介が微笑んだ。

「結婚一ヶ月をお祝いするつもりで食事に誘ったが、今日が結婚記念日みたいな気分だよ」

「ですね。今日から、本当の結婚生活が始まるような気がします」

その言葉に深く頷いた享介が、不意に、大事なことを思い出したという顔で口元を押さえて唸る。

「指輪も花束もないプロポーズで悪いな。緊張していて、そこまで気が回らなかった」

からかい混じりのプロポーズをした時には、大きなバラの花束を抱えて登場した享介なのに、いざ本気で愛の告白をする時は、それどころではなくなるらしい。

嘘のないその一言が、乃々香には花束や指輪よりも嬉しかった。

「こういうのも、悪くないですよ」

乃々香がそう返すと、享介はカップを軽く持ち上げ、祝杯を上げるような仕草をするので、乃々香もその仕草を真似る。

あまり行儀のいいものではないが、だからこそ小さな悪戯を楽しむ共犯者のような気分になって、二人の心の距離が縮まった気がした。

「乃々香っ！」

幸福な思いを凝縮したような食事を終え、ほろ酔いで享介と並んで歩いていた乃々香は、マンションの前で名前を呼ばれて足を止めた。

どこから声が聞こえたのだろうかと周囲に視線を巡らせていると、マンションの物陰から鬼のような形相をした莉緒が突進してきた。そして、そのままの勢いで右手を振り上げる。

――打たれる。

そう思い身を固くした乃々香を、享介が庇うように抱き抱え、振り上げた莉緒の手を易々とねじり上げた。

「痛いっ！　暴力はやめてよっ！」

自分の行いを棚に上げて被害者めいた金切り声を上げる莉緒の声に、享介は煩わしげに手を離した。

その拍子に体をぐらつかせた莉緒が体勢を立て直すと、乱れた髪を手櫛で整えて享介を睨む。

「よくここがわかったたな」

驚くというより冷めた声を出す享介に、莉緒は勝ち誇ったように口角を持ち上げる。

「私の情報網を甘く見ないでよ。私を敵に回したこと、後悔するんだから」

「どうせ、体の関係がある誰かに頼んで聞き出したんだろ」

そこまで言われても下唇を噛むだけで反論しない莉緒の姿からして、彼の推測は当たっているらしい。

莉緒はこれまで寄せていた恋慕の熱量を、そのまま憎しみに変換させたような眼差しで享介を睨む。

しかし享介に反応がないとわかると、莉緒は再び感情の矛先を乃々香へ向けた。

「この恥知らずっ！　彼は私のものでしょっ！」

さっき乃々香を打つことに失敗したことで、実際に危害を加えるのは諦めたようだが、その瞳には強い憎しみの色が見える。

これまでの乃々香なら、手がつけられないほど感情的になっている莉緒とは関わらないのが得策と彼女の罵声（ばせい）を聞き流してきたし、彼女となにかを取り合うなんて考えたこともなかった。

だけど今日は違う。

それ以前に、享介は〝もの〟ではない。

享介は乃々香の肩を抱いてマンションに入るように促（うなが）すが、乃々香は軽く首を振って莉緒へ視線を向ける。

「享介さんは……というか、誰も、誰かのものじゃない。だからそうやって無理矢理自分を愛せと騒いだって、なにも手に入らないよ。好きな人に愛されたいと思うなら、そんなふうに一方的に感情を押し付ける前に、やるべきことがあると思う」

自分が心から愛せる人に、愛してもらえる。

それは奇跡にも近いことだと思う。

だからこそ、その奇跡を大事に扱い、彼に愛され続ける努力が必要になるのだ。

そんなことも考えず、玩具（おもちゃ）を欲しがる子供みたいに、自己主張すればどうにかなると思っている莉緒に、享介を自分のものなどと言われたくない。

「……」

これまで反論されたことのない莉緒が、乃々香の毅然とした眼差しに怯んだのを感じた。

「男一人寝とったくらいで、なに勝った気になって上から目線でものを言ってるの」

「……」

勝ち負けの話をしているわけではない。

同じ言語で話しているはずなのに、どこまでも自分中心の莉緒に、なんと言葉を返せばいいかわからなくなる。

ただずっと怒らせると怖いと思っていた莉緒が、今は、怒ることでしか感情表現ができないただの子供のように思えてしまう。

彼女にかける言葉を見つけられずにいる乃々香の肩を、享介が優しく抱き寄せた。

「もういいよ。わざわざ話す価値もない」

彼はそう言い放つと、乃々香の肩を抱いたままマンションへ足を進める。

「ちょっと……！」

そんな二人を追いかけて、莉緒の尖った声が聞こえた。

その声に煩わしげに息を吐いた享介は、エントランスの前の階段を上ったところから、追ってきた莉緒を冷たく見下ろす。

刺すような鋭い眼差しに莉緒が足を止めると、享介はその隙に乃々香を促してマンションに入った。

セキュリティがしっかりしているので、莉緒が中まで追いかけてくることはできないだろう。

そう思うと、ようやく体の緊張が解けた。そんな乃々香に、エレベーターの階数ボタンを押した享介が「さっきの話、少し違うな」と呟く。

「……？」

なにが違っていたのだろうと視線を向けると、享介が「誰も、誰かのものじゃないっていうのは、間違いだ」と返す。

そしてエレベーターに乗り込み、自分たちが暮らす階のボタンを押して言う。

「もう俺は、乃々香のものだよ。君なしでは生きていけないから」

その言葉に、乃々香はこくりと頷いて、「私も同じです」と返した。

もともと面識のない他人だった二人が出会って、互いにとってかけがえのない存在になっていく。

それが夫婦になるということなのだろう。以前享介が、「全ての結婚はギブアンドテイクの契約だ」と話していたことを思い出す。

彼は自分のために存在してくれて、自分は彼のために存在する。だからこそ、自分の人生を粗末に扱ってはいけないと心から思えた。

彼の妻として、丁寧な生き方をして彼に寄り添って生きていきたい。そんな意思表示として、彼の腕に自分の腕を絡め、乃々香は享介と並んでエレベーターを降りた。

部屋に戻り、シャワーを浴びた乃々香は、熱を持った自分の頬を撫でた。

莉緒の襲来などもあり、酔いが醒めたように思っていたが、体にはまだアルコール特有の仄(ほの)かな熱を感じる。

ほろ酔い加減のその感覚を楽しんでいると、乃々香の後にシャワーを使っていた享介がリビングに入ってきた。

エアコンの効いた室内は薄手のパジャマを着ていて心地よいくらいなのに、清潔な白のTシャツとスエットのズボンを穿いた享介の姿を見た途端、自分の体温が一気に上昇するのを感じた。

まだ湿り気のある髪をタオルで乱暴に拭く彼の姿に見惚れていると、享介はそっと目を細めて微笑み、リビングと続き間になっているキッチンへ向かう。

そして二人分のミネラルウォーターのペットボトルを手にした享介が、乃々香の隣に腰を下ろした。

一つのソファーに並んで座るのは初めてではないのに、彼の動きに合わせて揺れる空気を感じるだけで、ひどく緊張してしまう。それと共に、さっき彼の唇が触れた頬にその感触が蘇る。

　そんな乃々香とは対照的に落ち着いた様子の享介は、ひょいと軽い動きで、乃々香にペットボトルを差し出した。

「ありがとうございます」

　ぎこちない手つきでペットボトルを受け取った乃々香は、お礼を言って蓋をねじる。

　けれど緊張しているせいか、手にうまく力が入らない。なかなか蓋を開けられずにいると、享介がそれを取り上げて蓋を開けてくれた。

「さっきのこと、気にしてる？」

　享介が乃々香の手にペットボトルを戻しながら聞く。

「……？」

「気になるなら、引っ越そうか？」

　そう言われて、莉緒のことを気にしてくれているのだと理解した。

　乃々香はその必要はないと首を横に振る。

「享介さんがいてくれるから、大丈夫です」

「だが……」

「そう言えるだけのものを、私は享介さんからもらいました」

　そう宣言して水を飲む乃々香の隣で、享介が困ったように息を吐く。

「真面目な話をしてる時に、そんな顔で見るなよ」

乃々香の視線に気付いた享介が、誤魔化すように自分の分の水を飲んだ。

「そんなって、どんな顔ですか？」

乃々香が不思議そうに首をかしげると、自分の持つペットボトルをテーブルに置いた享介に、ペットボトルを取り上げられた。

「そういう、男を誘う顔だよ」

乃々香のペットボトルもテーブルに置いた享介が、頬に手を添えてきた。

ペットボトルで冷えた彼の指の感触に気を取られているうちに、彼の唇がそっと触れた。

頬ではなく、唇に。

濡れて冷えた享介の唇が、自分の唇に重なる。

不意打ちの口付けに驚く乃々香の顔を覗き込み、享介が言う。

「乃々香のことを、心から愛してる」

すでに伝わっている気持ちを、享介は丁寧に言葉にしてくれる。

だから乃々香も、自分の想いを言葉にした。

「私も、享介さんを愛してます」

そう告げた乃々香は、享介の眼差しに引き寄せられるように、自分から再び唇を重ねた。乃々香のその動きに、享介の肩がぴくりと跳ねるのが伝わってくる。

「……」

男性経験のない乃々香は、自分から男性に口付けをする日が来るなんて想像したこともなかった。

羞恥心がないわけじゃない。

だけど心から愛おしいと思える人を前にした時、そんな気持ちは、互いの間に生じる引力にあっさりとねじ伏せられてしまったのだ。

乃々香のぎこちない口付けを受け止めた享介は、右手で彼女の顎を捉えて左腕を腰に回す。

そうやって自分の腕の中に乃々香を閉じ込めた上で、自分から強く唇を押しつける。

そして甘噛みするようにして、乃々香の柔らかな唇の弾力を味わっていく。

行儀よく並んだ彼の前歯で唇を噛まれると、ピリピリとした痛みが走る。鈍いその痛みが、乃々香の思考を甘く染め上げていく。

その感覚に心を奪われている隙に、薄く開いた唇の隙間から、享介の舌がぬるりと侵入してきた。

「ん……ッ……ふぁ……」

口内に忍び込んできた舌の感触に驚き、乃々香の喉から甘い声が漏れてしまう。

無意識に漏れる自分の甘い声が恥ずかしくて、乃々香は彼の口付けから逃れようともがいた。だが、享介にしっかり腰を抱かれていてどうすることもできない。

その間に、享介はどんどん口付けの濃度を深めていく。

忍び込んだ舌に口腔をそろりと撫でられ、背筋に甘い痺れが走った。初めて知るその感覚に、乃々香は無意識に背中を捩らせたが、それでどうにかできるはずもない。

それどころか、彼の舌に上顎や歯茎や舌の付け根を撫でられ、その度に甘い痺れが背筋を貫き、それが熱となって燻り乃々香の中に蓄積されていく。

享介の舌使いは巧みで、初めてのキスにしては濃厚すぎる。

唇を重ねるだけでも緊張するのに、享介の気持ちよすぎる口付けに、なにも考えられなくなっていく。

——キスに溺れちゃう……

未知の感覚は怖いのに、もっとこの感覚に溺れたい想いもある。

どっちつかずな自分の気持ちが怖くて、乃々香は享介の着ているTシャツをクシャリと掴んだ。

「イヤ？」

乃々香の躊躇いを感じ取った享介が、口付けを解いて聞いてくる。

しかし、彼の唇が離れた途端、どうしようもない寂しさを覚え、本能が彼に触れられたいと訴えているのを感じた。

「……もっと」

自分に情熱的な眼差しを向ける享介と見つめ合うと、唾液に濡れた唇が無意識に動いてしまう。

乃々香の言葉に享介の目が細められる。それと共に、彼の瞳に獰猛な熱が宿るのを感じた。

獲物を捉えた肉食獣のような眼差しに、乃々香の体がすくむ。だが、享介は逃げることは許さないとばかりに、再び強く唇を重ねてきた。

「ん……ぅ…………っ」

享介の舌が口内を撫でる感覚に、乃々香の体が歓喜する。

最初は背筋に感じていた甘い痺れが、今では肌全体を包み込んでいた。それと同時に、臍の裏側あたりに熱が溜まっていく。

経験がないだけで、乃々香にもその熱の意味することは承知している。

自覚すると、もうその感覚を無視することはできない。それどころか、もっと濃厚な熱を求めてしまう。

最初は彼にされるままだった乃々香も、気が付けば自分から舌を絡めていた。

誰かに教えてもらわなくても愛する人の愛を求める所作を知っているのは、きっと本能が、生きていく上でそれを必要だと思っているからだ。

——狂おしいほどに、この人が欲しい。

湧き上がる衝動に急かされるように、互いの舌を絡め合うと、口腔で彼の呼吸を感じた。

夢中で彼との口付けに溺れていると、不意に享介の手が乃々香の胸の膨らみに触れる。

「——っ」

滑らかなシルク生地のパジャマの上から触れる手はすごく優しいのに、心臓を鷲掴みにされたような衝撃を感じた。

男性的な長い指で胸の膨らみを撫でられると、自分の胸の先端が硬く尖ってくるのがわかった。

薄い布の上からそこを擦られてムズムズしてくる。

「……やぁ」

息継ぎのために唇が僅かに離れたタイミングで、乃々香の口から拒絶の言葉が漏れる。

でもその声は鼻にかかった甘いもので、本気で拒絶しているようには聞こえない。

それは享介にもわかっているのだろう。

嫌がる乃々香を見てそっと笑い、柔らかな乳房を鷲掴みにした。

「んぅ……ッ」

柔らかな胸の膨らみに食い込む指に、息が止まりそうな緊張が走る。

彼は乃々香の胸の柔らかさを味わうように、強弱をつけてゆっくりと乳房を揉みしだいていく。

享介の指に乱されながら、乃々香は甘い息を漏らした。

「寝室に行ってもいい？」

しばし胸の感触を堪能していた享介が、耳元で尋ねてくる。

そう問われた頃には、乃々香の思考は甘い霞に覆われていて、答えることができなかった。

しかし、それをＯＫのサインと受け取った享介は、自分の腕の中でじっとしている乃々香から体を離すと、すぐに彼女の膝裏と背中に腕を滑り込ませて軽々と抱き上げる。

「キャッ」

ふわりとした浮遊感に驚いた乃々香は、慌てて享介の首にしがみつく。

なにが楽しかったのか、享介が軽く体を揺らしてくるので、乃々香はさらにしっかり彼にしがみついた。

「そうやって、俺を離さないでくれ」

囁く享介の声には、愛情が満ちている。

その声を聞けば、今の言葉が、この状況のことだけを言っているのではないとわかる。

俺を離さないで——彼のように社会的な地位を持ち、洗練された容姿を持つ優れた男性が、そんなふうに自分に愛を乞うなんて信じられなかった。

どこか夢見心地で彼の胸に頬を寄せると、享介は乃々香の背中を軽く叩いてリビングを出た。

マンションとは思えない広い廊下を危なげない足取りで歩く享介が、そのまま自分の寝室へ乃々香を運ぶ。

このマンションで暮らすようになって一ヶ月近くになるが、彼の寝室に入るのはこれが初めてだ。

そのせいか、乃々香を抱えたまま器用にドアノブを回す気配に、ひどく緊張してしまう。

抱き抱えられたまま入った彼の寝室は、リビングより冷房が効いていて空気が冷えている。

享介はそのままベッドに歩み寄ると、丁寧な動きで乃々香を下ろした。

マットレスに体を横たえられた乃々香は、肘をついて室内を見渡す。

寝室は薄暗く、レースのカーテンだけが引かれた部屋は、外から差し込む街の明かりで濃い青色に染められていて、静かな水底にいるような錯覚を抱く。

その静謐な空気に、自分の鼓動や享介の息遣いを強く意識してしまう。

「乃々香」

不意に名前を呼ばれて顔を上げると、ベッドの端に腰掛けた享介が唇を重ねてきた。

啄むような優しい口付けを交わし、享介はマットレスに片腕をついてベッドに身を乗り出すと、もう一方の腕で乃々香の体を支えつつ彼女をベッドに押し倒す。

「……っ」

背中でマットレスの弾力を感じると同時に、彼の唇が深く重なる。

重ね合わせた唇の隙間から侵入してきた彼の舌の動きはひどく淫らで、乃々香の呼吸をかき乱していく。

自分を求めてくれる彼の気持ちに応えたくて、乃々香もぎこちなく自分の舌を動かす。

自分を感じてほしいという想いを込めて、拙い動きながらも舌を絡めていると、享介はより深く激しく舌を動かし、乃々香を翻弄してくる。

暗く静かな室内に、互いの唾液を絡め合う淫靡な音が満ちていく。

「ふぁ………」

乃々香が激しい口付けに溺れている隙に、享介の手が乃々香のパジャマの中へ滑り込んできた。

素肌に触れる彼の手の感触に、大きく息を呑む。

胸の膨らみに直接触れた享介は、そのまま指を動かす。強弱をつけて揉みしだかれる胸は、指の動きに合わせて柔軟に形を変えていく。

享介の愛撫は優しく、痛みを感じさせない。それでも、初めての刺激に乃々香は体を大きく悶えさせる。

唇を離した享介は、動きを止めて乃々香の顔を覗き込んだ。

「続けていいか？」

そう問いかける彼の目に翳りが見える。それはきっと、行為が途中で終わることへの不満ではなく、乃々香に拒絶されることを恐れているのだと感じた。

そんなことあるはずがないのに……

いつも強気で、強引ともいえるペースで乃々香の人生を一変させた享介のらしくない表情に、乃々香の緊張が和らぐ。

右手を伸ばし、そっと享介の頬に添えた乃々香は、素直な気持ちを打ち開ける。

「こういうの初めてだから、どうすればいいかわからないんです」

「――っ」

乃々香の告白に、享介は虚をつかれたような顔をする。

どう見ても女性慣れしている彼だ。この年齢まで男性経験のない自分を面倒に思うかもしれない。

「ごめんなさい」

思わず謝る乃々香の額に、享介は自分の額を当ててはにかむように笑った。

「違う。嬉しいんだ」

　そこで言葉を止めた享介は、自分の中にある想いを言葉にするかどうか悩むように黙り込む。

　短い沈黙の中で覚悟を決めたのか、享介は微かに眉尻を下げて打ち明けた。

「乃々香の過去に嫉妬しなくていいのが、嬉しい。……俺は、君に関してはかなり嫉妬深い人間になるらしいから」

「享介さん……」

　その言葉が、乃々香の胸を震わせる。

　両手で乃々香の頬を包み込み、照れ臭そうにそう告白した享介は、表情を真剣なものへ切り替えて続ける。

「誰にも渡さない。だから一生、俺を好きでいてくれ」

　いつも強気な彼が、自分に縋るように愛の言葉を口にするなんて……

「もちろんです」

　嬉しさと愛おしさで声を震わせながら頷いた乃々香に、享介が安堵の息を吐いた。

「ありがとう。生涯かけて君を守るよ」

　享介の唇が、誓うように乃々香のそれに重なり、胸に触れた彼の手が動きを再開させていく。

　優しく胸を揉み、舌は官能的に乃々香の口内を弄る。

享介は乃々香の歯列を舐め、舌の根元までしゃぶると、唇の端をねちっこく舐めた。

手中に収めた獲物を味わうような彼の舌の動きに、乃々香の体の奥で未知の感覚が蠢く。

知識としては理解していた行為に、実体験が追いついてくる。その感覚に酔いしれながら、無意識に唇を薄く開いた。

「いやらしい顔」

少しだけ唇を浮かせた享介が、からかいの混じる声で言う。

恥ずかしさから乃々香が顔を背けると、無防備に晒された首筋に享介の唇が触れた。

「あっ！」

唾液に濡れた唇が触れた瞬間、乃々香は体を大きく跳ねさせる。

「乃々香、感じてる」

疑問形ではなく、確信として言われると、返す言葉が思いつかない。

恥ずかしさに黙り込む乃々香に、享介はパジャマの中から手を抜き、上半身を起こす。

乃々香の腰にまたがるようにして膝立ちになり、着ていたTシャツを脱ぎ捨てる。ぼんやりとした暗がりの中に、引き締まった彼の上半身が浮かび上がった。

この目で見るまでもなく、彼が均整の取れた芸術的な体の持ち主であることには気付いていたが、こうして裸体を目の当たりにすると、その美しさに釘付けになってしまう。

無言で彼を見上げていた乃々香は、抗い難い引力に引き寄せられるように享介の胸に手を伸ばした。

湯上がりの熱がまだ残っているのか、欲情しているからなのか、享介の肌は熱い。

鍛えられた筋肉を纏う胸に指を這わせると、享介が薄く笑う。

乃々香に胸を触らせながら、享介は彼女のパジャマのボタンに手をかける。

「乃々香」

ボタンを全て外し、丁寧な手つきで前をはだけさせた享介が、愛情を凝縮させたような声で名前を呼ぶ。甘く掠れたその声は、男の色気に溢れていた。

「はい」

享介の声に子宮が疼くのを感じながら乃々香は返事をする。

その声に導かれるように、享介が乃々香に顔を寄せた。

「愛してる」

そう囁いて額に優しく口付けた。

そうしながら髪を撫でられると、苦しいほどの愛おしさが込み上げてくる。胸が詰まるような愛おしさに急き立てられ、乃々香は彼の背中に腕を絡めた。

「私も、享介さんを愛しています」

一緒に暮らしていても、口にすることは許されないと思っていた。

心からの想いを込めて告げた乃々香に、享介が口付けで想いを返す。

「……ん……っ」

唇に重ねられた享介の唇は、すぐに離れて喉元に落とされた。

唇の感触に肌がぞわりと震える。初めての感覚に、乃々香はこくりと唾を飲んだ。

怖いわけでも、拒絶したいわけでもないのに、無意識に四肢が強張ってくる。

「大丈夫だ」

乃々香の両手を左手で頭上に押さえ込むと、再び首筋に唇を這わせていく。

唾液の筋を残すように舌を這わせながら、享介の右手が胸の膨らみに触れる。

緊張して息を呑んだ乃々香に構わず、享介は柔らかな乳房を揉みしだいていく。

彼から与えられる刺激を受け、腰のあたりに妙な熱が溜まり始める。

「乃々香は綺麗な鎖骨をしている。ずっとそう思っていた」

そう囁き、味わうように鎖骨の窪みを舌で撫で、甘噛みした。

「あっ……やぁ………っ」

彼がそんなことを考えていたなんて思ってもいなくて、妙に恥ずかしい。

「胸も柔らかくて感じやすいな」

ピクリと体が跳ねたのが伝わったのだろう。享介は乃々香の反応をさらに求めるように、胸を揉む手に力を込める。

熱い吐息を漏らす乃々香の鎖骨を愛撫していた享介の舌が、豊かな胸の頂を捉えた。

「あぁあっ」

硬く尖った胸の頂を濡れた舌で撫でられ、乃々香の口から甘ったるい声が漏れる。

初めての体験に身悶えるが、体にのしかかられた上、両腕を頭上で押さえ込まれていてどうすることもできない。

その間も、享介は硬く立ち上がった胸の頂を舌先で押し込んだり、周囲の桜色に色づいた場所をねっとりとしゃぶったりしている。

その刺激に、乃々香は大きく息を呑んだ。

絡み付く舌の淫靡な感覚から逃れようと身をくねらせるが、のしかかる享介の体がそれを許さない。

そんな些細な抵抗も味わうように、舌での愛撫を繰り返し、もう一方の乳房は右手で弄ぶ。

強く優しく胸を揉みしだきながら、時折、指と指の間に硬く尖った乳首を挟んで強く引っ張ったり、指先で引っ掻いたりする。

その度に、乃々香の喉は淫らな声を漏らした。

繰り返される愛撫で下腹部にずんと熱いなにかが込み上げ、乃々香の意識を包み込む。

体全体が熱く蕩け、思考に霞がかかってくる。

知識はあっても、好きな人の愛撫が女性の体をこんなふうに変化させるとは思ってもみなかった。

「やぁぁ……んん……っ」

亨介の舌で感じる場所を撫でられると、ふわふわと雲間をたゆたうような感覚に包まれていく。

乃々香が心地よい感覚に身を委ねている間に、乳房を弄んでいた手が華奢な腰のくびれを撫でた。

そうしながら亨介は重心を傾け、乃々香の片方の脚にだけ体重を乗せる。自由を取り戻した脚を乃々香が動かすと、それを狙っていたようにズボンの中へ手を入れられた。

びくりと腰を跳ねさせる乃々香を宥めつつ、亨介は躊躇うことなく長い指で彼女の秘裂を撫でる。

「もう濡れてるよ」

事実を囁く彼の言葉に、乃々香は耳まで熱くなる。

あまりの恥ずかしさに瞼を伏せると、亨介はクロッチ越しに肉芽を弾いた。

「――っ！」

体の中を電流が突き抜けていくような強い刺激が走り、無意識に背をしならせる。

乃々香の素直な反応に気を良くしたのか、亨介はクロッチの上からゆっくりと指を上下に這わせてくる。

彼の指が陰唇の上を這う度に全身にゾクゾクとした痺れが走るのを感じて、乃々香は熱い吐息を漏らした。

しなやかな指は秘裂を上下に撫でるだけでなく、熱く熟した蕾を左右に揺らしたり、円を描くように転がしたりもする。

そうかと思えば、下着の布を引っ張ってわざと割れ目に食い込ませたりしてきた。

そのどれもが乃々香にとっては未知の体験で、次第に呼吸が乱れて、なにも考えられなくなってくる。

「ほら、もっと濡れてきた」

乃々香の耳朶を甘噛みしながら享介が囁く。

「嘘っ」

彼が嘘をついていないことは、乃々香自身がよくわかっている。

「乃々香は敏感だね。……指を動かす度に、奥からトロリとした蜜が溢れてくるよ」

「……言わないで」

恥ずかしさから消え入りそうな声でそうお願いすると、享介が「わかった」と、どこか意地の悪さを含んだ声で返す。

そして次の瞬間、乃々香のズボンを下着ごと一気に引き下げた。

「やっ！」

驚いた乃々香は、条件反射のように身を捩ってうつ伏せになろうとする。だが享介に太ももを押さえ込まれて、叶わない。

中途半端に身を捩った姿勢で享介を見上げると、彼は身を屈めて乃々香の内ももに口付けをした。

一糸纏わぬ姿で内ももにされる口付けは、ひどく官能的だ。

「乃々香」

名前を呼ばれて視線を向けると、自分の秘すべき場所に顔を寄せていく享介と目が合った。

こちらへ視線を向ける彼の目は飢えた獣のようで、乃々香を緊張させる。

「——っ」

自分が捕食される側であることを自覚し、グッと息を呑む。

「俺だけが君の全てを知るんだ。俺の手で乃々香のどこがどうなって、どうされると一番感じるのか。今から、全てを俺に晒してもらう」

そう告げた享介は、乃々香の左右の脚を両腕に抱え込み、秘裂に顔を埋めた。

脚を大きく押し広げられたことで、くぱりと開いた陰唇に享介の舌が這う。

あり得ない場所を舐められる感覚に、乃々香は背中を弓なりに反らして天を仰いだ。

「あぁ……やぁっ、汚いっ……」

自分でもろくに触れることのない場所に享介の唇が触れている。あまりのことに戸惑い、乃々香は必死に彼の頭を押し戻そうとしたが、享介はまるでお構いなしといった感じで舌を這わせてくる。

執拗に陰唇の割れ目を舌で撫で、滴る蜜を吸う。

その刺激に、乃々香は自分の下半身がぐずぐずに蕩けていくような感覚に襲われた。

強すぎる快楽に陰唇の奥からとめどなく蜜が溢れ、彼の唇を濡らしていく。それが下半身から聞こえる淫靡な水音で察せられ、乃々香は羞恥心で頬を赤く染めた。

「汚くない。乃々香はただ素直に感じていればいい。そうすれば、気持ちよくなれるから」

一度顔を浮かせてそう告げると、享介は再び乃々香の陰唇を舌で愛撫する。

指で陰唇を押し広げた享介は、滴る蜜を潤滑油にして、より淫らな動きで乃々香の欲望を駆り立てていく。

上から下へと舌が割れ目を這う度に、乃々香の体を愉悦の波が襲い、慎みを忘れた陰唇は彼を誘うようにゆるりと開いて蜜を零す。

溢れる蜜をしゃぶる享介の鼻先が陰核に触れ、乃々香は背中を反らせて脚をピンと伸ばした。

彼女のそんな素直な反応を見逃さず、享介は右手の人差し指と中指で挟むように陰核を剥き出しにすると、そこに舌を這わせる。

「キャァ――ッ」

強すぎるその感覚に、乃々香の視界に閃光が走る。

先ほどまでの愛撫で感じていた悦楽など、まだ序の口に過ぎなかった。そう思い知らされるのに十分な刺激が全身を貫いていく。

享介は硬く熟した肉芽を舌で弾いて転がし、口内に含んで舐めしゃぶる。触れられるだけでも怖いほど感じてしまうのに、唾液で濡れた舌で弄ばれてはたまらない。

繰り返される愛撫で敏感になった場所は、彼の吐息が触れるだけでも乃々香を苛む。

「ファぁ……やぁぁぁ………」

享介を煽るだけだとわかっていても、漏れる声を抑えることができない。

こんなことをされて恥ずかしいはずなのに、どうしようもなく気持ちよくて、乃々香はシーツを掴んで甘く喘いだ。

「乃々香はここが弱いらしいな?」

そう囁き、彼はいっそう激しく敏感な蕾を攻めてくる。

舌で転がすだけでなく、前歯で甘噛みされて、乃々香はこれ以上ないほど背中を反らして喘いだ。

「あぁぁあっ」

視界が一瞬白く染まり、堪えようのない快楽が乃々香の全身を包み込む。

初めて知る快楽の高みに、乃々香は脱力して浅い呼吸を繰り返した。

享介は乃々香の脚を解放すると、脱ぎ捨てた自分のTシャツで口元を乱暴に拭った。

「気持ちよかったか？」

そう問いかけられた乃々香は、こんな痴態を見せた後で取り繕っても無駄だと素直に頷く。

享介は乃々香の髪を優しく撫で、額に口付けた。

「もっと気持ちよくしてやるから、逃げるなよ」

「――もう……」

初めての体には、もう十分すぎる快楽を与えてもらった。

そう告げるより早く、乃々香の中に享介の指が沈んでくる。

快楽を覚えたばかりの体に感じる急な異物感に、乃々香は「あっ」と熱い息を漏らした。

異物感こそあれど、丹念な愛撫によって十分に解されたそこは、なんの苦もなく彼の指を呑み込んでいく。

「痛くない？」

指の付け根まで沈めた享介の問いに、乃々香は小さく頷いた。

すると享介は、ゆっくりと指を動かしていく。

乃々香の内側の形を確かめるように動く指に、臍の裏あたりを擦られて、ムズムズとした奇妙な感覚が湧き上がってくる。

先ほど感じた雷に打たれるような快楽が再びやってきそうな予感に、乃々香は熱い息を吐く。

本能でそれを欲しているのか、媚肉がヒクヒクと収縮して彼の刺激を貪欲に求める。

そんな乃々香に応えるように、享介は指を前後に動かして媚肉を擦った。

「大丈夫そうだな」

そう呟いた享介は、中の指を二本に増やす。

「あぁっんっ……んっはぁ………」

指が一本増えただけで、中の圧迫感が一気に増す。

享介は緊張する乃々香の体をあやすように、ゆっくりと指を動かしていく。彼の指に擦られ、乃々香の奥からとめどない愛液が溢れ出し、暗い室内に淫靡な水音が満ちていく。

乃々香の体はすでに脱力し、彼を拒むことなく与えられる刺激を享受していた。

「や……気持ちいい……のぉ」

シーツの上で踵を滑らせ、指でシーツを掴む乃々香は、喉を反らして淫らに喘ぐ。

乱れる乃々香とは逆に冷静さを失わない享介は、指を折り曲げ、愛液でふやけた蜜壺の天井を擦る。

不意打ちのようなその刺激に、乃々香は激しく身悶えた。

込み上げてくる快楽に、腰を戦慄かせて悶える。逃れようのない快楽に喘いでいると、享介は蜜壺から指を引き抜いた。

おもむろに上半身を起こした享介は、指に絡みつく蜜を見せつけるように舌で舐め取り、乃々香に妖しい視線を送ってくる。

その視線に、解放されたはずの膣が喪失感を覚えて寂しく収縮する。

「……」

貴方が欲しい――その一言が口にできず、乃々香が熱に潤んだ眼差しを向けると、髪を掻き混ぜるようにクシャリと撫でられた。

「乃々香の表情は俺の心を乱すな」

困ったように囁く享介は、乃々香に覆いかぶさり、額に口付ける。

「……?」

心を乱されているのは、乃々香の方だ。

不思議に思って首をかしげていると、軽く腰を浮かせて下着ごとズボンを脱いだ享介が言う。

「優しくしたいのに、欲望を抑えられなくなる」

悦楽にふやけた思考で享介を眺めていた乃々香は、上半身を起こした彼の中心に猛々しくそそり立つものを見て、身を強張らせた。

夢から覚めたように目を見開く乃々香の顔を見て、享介が微かに笑う。

「大丈夫、ちゃんと入るから。それを今から教えてやるよ」

無意識に逃れようとする乃々香の腰を掴んで、享介が体を寄せてくる。

「あッはぁ……」

蜜にふやけた陰唇に彼のものが触れる。それだけで乃々香の膣がキリリと痛んだ。

怖いのに、早く彼が欲しい。

相反するその思いは、すぐに後者へと傾き、乃々香は覆いかぶさる彼の首に腕を回す。

「このまま挿れてもいい？」

一瞬、なにを聞かれているのかわからなかった。

でもすぐに避妊の確認をされているのだとわかって、乃々香は小さく頷く。

自分たちは夫婦だ。なんの隔たりもなく、彼の全てを受け入れたい。

そんな思いを込めて、彼の首に回した腕に力を入れる。

「享介さんの、全部が欲しいです」

恥じらいつつも正直な言葉を口にすると、享介が熱っぽい息を吐いた。

「乃々香っ」

愛しさを凝縮したような声で名を呼び、享介がゆっくりと乃々香の中へ自身を沈めてくる。

指とは比べ物にならない圧迫感に、息が止まりそうな衝撃を覚えた。

愛蜜で十分に潤んでいた媚肉が、彼のものを受け入れミシミシと引きつれる。

「――っ」

下腹部を襲う鈍痛で、乃々香の眉間に皺が寄る。

「痛いか？」

苦しげな乃々香の表情を見て、享介が気遣わしげな声を出す。

その問いかけに、乃々香は首を横に振る。

痛くないと言えば嘘になるが、それ以上に享介と深く繋がりたい。それに彼に与えられているのだと思うと、この痛みさえ愛おしくなるから不思議だ。

「きて」

抱きつく腕に力を入れると、享介が頷いた。

「少しだけ我慢して」

そう告げて乃々香の髪を優しく撫でた享介は、腰の動きを再開させる。

「あっ……」

ゆっくりと沈んでくる享介のものの感覚に、乃々香は喉を反らして息を呑む。

彼の存在が、自分の中を満たしていく。痛みすら愛おしいと思えるのは、相手が享介だからだ。

だから大丈夫だと、乃々香が彼の体を引き寄せる。

享介は乃々香と唇を重ねて、一気に深くまで腰を沈めた。その衝撃に乃々香は熱い息を漏らして、シーツに脚を滑らせる。

全身で彼の存在を感じる喜びと、皮膚の裂ける痛みに、乃々香の目尻に涙がうっすら滲(にじ)んだ。

「――っ」

痛み以上に、彼と一つに繋がれたことに心が満たされる。

乃々香と腰を密着させたまま、しばらく動きを止めていた享介は、唇を離すとゆっくりと腰を動かした。

「い……ぁ……っ」

限界まで押し開かれた隘路(あいろ)は、彼のものが動く度に鈍く痛む。だが、それ以上の多幸感で乃々香を満たした。

彼の存在が乃々香の全身を支配して、指先から力が抜けていく。ポンと乾いた音を立てて、享介の首に回していた腕がマットレスの上に落ちた。

乃々香の上に覆(おお)いかぶさりながら片手で重さを支えつつ、もう一方の手を乃々香の手に重ねて、じりじりと腰を動かしていく。

「あ……ぅん」

その腰の動きに合わせて、乃々香が甘い息を吐いた。その息遣いに煽られたように、享介が徐々に腰の動きを速めていく。

彼が腰を打ち付けてくる度に膣が歓喜にうねり、乃々香の意識を甘く痺れさせる。

ぼんやりとした思考で見上げれば、額に汗を滲ませた享介と視線が重なった。

どちらからともなく唇を重ねて、繋いだ手の指を絡め合う。

呼吸を重ねながら奥を突かれると、ずんと重たい悦楽が乃々香の腰に響く。

――彼の全てが愛おしい。

不器用な物言いも、自分で自分の道を切り開く逞しさも、優しく自分を求めてくる姿も、その全てが愛おしくて仕方がない。

「あぁ……駄目……もぅっ無理ッ」

全身で彼を感じて身悶える乃々香は、重ねていた唇を解いて切なく懇願した。

しかし享介はその願いを聞き入れることなく、より激しく腰を動かし、乃々香を快楽の高みへと押し上げていく。

強く体を揺さぶられながら、乃々香は喉を反らして全身を戦慄かせる。

愛液が溢れ、それを潤滑油にして享介の腰の動きがより滑らかに速くなっていく。十分すぎるほど感じている膣は、さらなる刺激をねだって彼に絡み付く。

「うぅ……ぅっう」

膣を切なく痙攣させながら乃々香が声にならない声を上げる。呼吸を荒くした享介が、乱れた乃々香の髪を手櫛で梳きながら聞いてきた。

「限界？」

その問いかけに、乃々香はカクカクと首を動かして答える。

すると享介は残念そうに息を吐いて、乃々香の頬に口付けた。

「最初だから、今日はここまでかな」

仕方ないといった感じで言葉を漏らした享介は、腰を打ち付ける速度を加速させた。

「あぁぁ――っ！」

悲鳴のような声を上げ、乃々香の全身が痙攣する。

容赦なく腰を打ち付ける享介は、乃々香の感じる場所を的確に狙って突き上げてくる。

その動きに、媚肉が激しく収縮した。

「きょ……享介っ」

嗄れた喉で、無意識に彼の名前を呼ぶ。

指先が痺れ、意識が無重力の世界に投げ出されたような感覚に襲われた。

享介の動きに翻弄され、もうなにも考えられない。

乃々香は声にならない喘ぎ声を漏らしながら、必死に享介に四肢を絡めた。

「乃々香っ」

短く名前を呼び、享介はグッと腰を押し付けて乃々香の中に白濁した情熱を吐き出す。

その感覚に、乃々香は身震いした。

「はぁ……ぁ」

熱を吐き出し、勢いを無くした享介のものが出ていく感覚にも体が感じてしまう。

すぐに体を起こした享介は一度ベッドを離れ、濡らしたタオルで自分と乃々香の体の汚れを拭うと、再び彼女を強く抱きしめた。

「ごめん。夢中になりすぎた」

享介としては、もっと優しく抱くつもりでいたらしい。そんな彼に、乃々香は首を横に振る。

「享介さんに愛してもらえて幸せです。享介さんと結婚して、新しい自分に生まれ変わった気分です」

彼の背中に腕を回して、逞しい胸板に顔を埋めた。

自分以外の人の鼓動を感じていると、もう一人ではないのだという安堵が込み上げてくる。

両親を亡くしてからずっと、一人で生きていかなくてはならないのだと思っていた。

だけど自分で人生を切り開いていく享介に影響されて、乃々香の中でなにかが変わった。

それを伝えると、享介は自分もそうだと返してくる。乃々香と出会ったことで、彼の価値観が変わっていき、乃々香と本当の夫婦になりたいと思うようになったのだと話してくれた。

「一緒に新しい人生を楽しもう」

「はい」

彼と夫婦になり、新しい人生を歩んでいく。

胸に湧き上がる多幸感を噛み締めるように乃々香が頷くと、享介はそんな乃々香の体を抱きしめている腕にそっと力を込めた。

4　夫婦になろうよ

朝の日差しを感じて、乃々香は体を支配する気怠(けだる)さに抗(あらが)うようにして瞼(まぶた)を開けた。

寝ぼけた視界に入ってきたのが自分の寝室でないことに驚いて、飛び起きようとしたが、なにかが体にのしかかっていて身動きが取れない。

混乱しながら視線を巡(めぐ)らせて、自分の隣に眠る享介の存在に息を呑む。同時に、昨夜の記憶が徐々に蘇(よみがえ)ってきた。

奇妙な成り行きでプロポーズをされ、形だけの結婚生活を送ること一ヶ月。いつから彼を愛するようになったのかと問われると正直よくわからない。

享介のことは以前から知っていたけれど、食事会で席を共にした時には、彼とこうなる未来なんて想像もしていなかった。まして最初にプロポーズを受けた際には、彼との結婚なんてあり得ないと思っていたのに……。

でも、グリーンサーフネットワークのオフィスで、両親を誇りに思うなら自分を粗末に扱うべきではないと言ってくれた彼の言葉が、乃々香の生き方を変えてくれたのは確かだ。

そして一緒に暮らすようになって、まるで宝探しをするように素直じゃない彼の優しさを見つけていくにつれ、愛おしさが育っていったのだと思う。

言ってみれば、小さな花の蕾(つぼみ)がたくさんの栄養を吸収して、大輪の花を咲かせた感じだろうか。

――愛してくれて、ありがとうございます……。

起こさないよう注意しながら、指先で彼の乱れた前髪を整える。

無防備な彼の寝顔を見ているだけで、胸に力が湧いてくるから不思議だ。

両親のためだけでなく、彼に選んでもらえた自分の人生を誇れるものにしていきたい。

その時、乃々香の指の動きで享介が薄く瞼(まぶた)を開けた。

「……おはよう」

目の前に乃々香がいることを確かめ、享介はそっと笑う。そして乃々香の髪を撫でながら「体は？」と確認してくる。

「大丈夫です」

乃々香が返すと、享介は安堵の表情を見せた。

そして腕を伸ばしてベッド脇のサイドチェストに腕を伸ばし、時計を引き寄せて唸る。

「起きなきゃな」

彼の持つ時計にチラリと視線を向けると、六時半になるところだった。

普段の乃々香なら素早くベッドを出て、身支度と朝食の準備を始めるところだが、今日は全身が重くて動くのをおっくうに感じてしまう。

とにかく起きて朝の準備をしなくては……と軋む体に喝を入れてどうにか起き上がろうとする。そんな乃々香の頭を、享介がクシャリと撫でた。

彼は疲労を感じさせないスムーズな動きで上体を起こすと、乃々香の肩に口付ける。

「朝食の準備は俺がするから、もう少しゆっくりしているといい」

そう言い置いて、享介は脱ぎ捨ててあったTシャツなどを着込むと身軽な動きで部屋から出ていく。

その背中を見送った乃々香は、夏用の薄い布団にくるまって目を閉じる。彼の温もりの残る布団で微睡（まどろ）んでいると、体に残る昨夜の余韻を意識した。

体の節々が軋（きし）む感覚も、下腹部に残る鈍い痛みも、二人が愛し合った証（あかし）だと思うと愛おしい。

彼に愛されたと思うと、自分の存在が誇らしくなる。

彼の妻として恥ずかしくない存在になりたいと思う。

心の中でそう誓いながら、乃々香は朝食ができるまでの束の間の時間を彼のベッドで過ごした。

◇◇◇

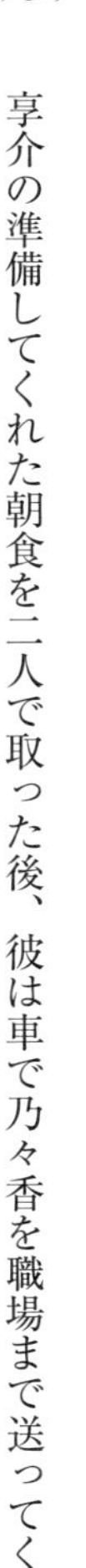

享介の準備してくれた朝食を二人で取った後、彼は車で乃々香を職場まで送ってくれた。
そんな手間を取らせては申し訳ないと断る乃々香に、享介は自分の仕事は時間に融通（ゆうずう）が利くし、少しでも一緒にいたいからと譲らなかった。でも本当の理由は、莉緒を警戒してのことだとわかる。
乃々香自身、莉緒の気性を知っているだけに、多少の不安があったのも事実だ。
だからエレベーターで地下駐車場まで下りて、エントランスを通過することなく外に出られたことについ安堵してしまう。

そんな乃々香の反応を見逃さなかった享介に、帰りも迎えにくると宣言されてしまった。

しかも昼休みに外に出なくてもいいようにと、出勤途中に昼食を買うほどの過保護ぶりである。

「朝、旦那さんに送ってもらったんだって？　新婚さんは、いいわね～」

昼休み、ソレイユ・キッチンのオフィスで、昼食を買いに行っていた先輩に言われた。

ニヤニヤと笑う先輩が、離れたテーブルで手を振る別チームの先輩社員へ視線を向ける。

その先輩社員には、今朝、享介に送ってもらったところを見られているので、そこから情報が伝わったらしい。

一緒に食事をしていた仲良しの里奈が「なに？」という感じで、乃々香と先輩社員を見比べている。

別に悪いことをしたわけではないが、里奈の視線が気になってしまう。

先輩社員は軽く冷やかしただけで、手を振って乃々香たちから離れていく。

すると里奈が頬杖をついて、大きなため息を吐いた。

「いいなぁ……私も白馬に乗った王子様が欲しい」

「白馬には乗ってないから」

慌てて返す乃々香の言葉に、里奈がニヤリと目を細める。

「ふ〜ん。王子様は否定しないんだ」

里奈に嬉々としてそう突っ込まれてしまうと、それ以上どう返せばいいかわからず、照れ臭くて笑うことしかできない。

王子様……と呼ぶのは気恥ずかしいが、自分にとっての享介はまさしくそうなのだ。

突拍子(とっぴょうし)もないプロポーズで始まった結婚生活は、一人で生きていくことを覚悟していた乃々香の世界を明るいものへと一変させた。

そんな彼と過ごす日々のことを思い出していると、里奈がずいっと身を乗り出し、乃々香の鼻先に顔を寄せてくる。

「旦那さん、イケメンセレブなんでしょ？　そういう人と一緒に暮らすって、どんな感じ？　会話って成立するの？　そういう人でも、普通にご飯食べたり、水飲んだりするの？」

里奈の中でイケメンは、浮世離れした神か仙人のような存在なのだろうか……

その偏見極まりない疑問に、つい笑ってしまう。

「そりゃ、普通にご飯食べるし、お水もコーヒーも飲むよ。会話だって、至って普通だし」

朝は乃々香の淹れたコーヒーを飲みながら、今日の天気や互いの予定を話し、夜は夜で、何気ない会話を楽しみながら夕食を取る。

世界中に溢れている、至って普通な生活である。

期待するような特別なものはなにもないと、乃々香が説明すると、里奈が不満げに目を細めた。

「なんか、惚気てくるし」

「なんでそうなるの……」

里奈の質問に誠心誠意答えただけではないか。

冗談で言っているのはわかるけど、反応に困る。

どうしたものかと苦笑いをしていると、チーフの田渕がこちらへ近づいてくるのが見えた。

「水谷さん」

目が合うと、田渕が軽く手を上げて乃々香の名前を呼ぶ。

仕事のことかと急いで腰を浮かせる乃々香に、田渕は受付にお客さんが来ていると告げる。

「お客さんですか？」

「そう。木崎さんって中年の男性」

『木崎』と耳にして緊張するが、その後続いた『中年の男性』という言葉に伯父の盛隆の顔が浮かぶ。

忙しい伯父が、突然、乃々香の職場を訪問する理由は一つだろう。

――昨日のことだよね……

感情剥き出しの莉緒の顔を思い出すと胃がざらつくような気持ちになるが、享介のためにも逃げることはできない。

田渕と里奈に断って、乃々香は受付へ足早に向かう。

しかし、受付ではなく会社の外に立つ男性の顔を見て、目を瞬かせた。

「……」

「急に申し訳ないな」

そう言って、相手は礼儀正しい仕草で頭を下げる。乃々香も頭を下げるが、内心の戸惑いを隠せない。

「拓実さん、お久しぶりです」

木崎拓実――乃々香が木崎の家に引き取られた時は、すでに中高一貫の全寮制の男子校に通っていたため、一緒に暮らした記憶はほぼない。その後も、県外の医大に進学した彼は家に戻って来ることがなかったし、医師免許を取った後も木崎総合病院とは関係ない神奈川の総合病院で働いている。

もともと親しい間柄ではない彼が、この場所にいることに戸惑ってしまう。

子供の頃から銀縁眼鏡がトレードマークの拓実は、なかなか恰幅のいい体つきをしていてお洒落にも興味がないようだった。

確かに実年齢より老けた印象を受けるかもしれないが、その実、三十歳の拓実の方が田渕より若いので、なんとなく『中年』と呼ばれたことに申し訳ない気がする。

そんな思いもあり、咄嗟に言葉を見つけられずに黙っていると、拓実が切り出した。

「結婚したそうだな」

「連絡もなく、すみません」

「いや。それはいいんだけど、そのことでちょっとな……」

そう言葉を濁した拓実が、周囲を見渡す。

昼休みということもあり、人が多い。拓実の表情から人に聞かれる心配のない場所で話すべきことなのだと理解した乃々香は、一度オフィスに戻り、田渕に事情を説明して休憩を長めに取る許可をもらうと拓実と外に出た。

会社の近くのカフェに入ると、拓実は注文もそこそこに話しだす。

「昨夜、僕の勤務する病院に莉緒が来た」

「えっと、患者としてですか？」

昨夜、自分たちの元を訪れた莉緒は、到底病人には見えなかった。だとしたら、あの後、事故にでも遭ったのだろうか。

　とはいえ、拓実が勤務する病院は神奈川なので、東京で事故に遭った莉緒が彼の病院に搬送されるとは思えないが。

　怪訝な表情を浮かべる乃々香に、拓実はため息を漏らしてメガネのブリッジを指で押し上げる。

「深夜に救急外来に押しかけてきて、三國享介に腕を強く掴まれて怪我をしたから診断書を書けと騒ぎ立てられて、非常に迷惑した」

　その話に、乃々香は驚きで肩を跳ねさせた。

「あれは、そんなんじゃ……」

　その診断書の用途を想像して血の気が引く。

　しかし、拓実は静かに首を横に振った。

「だいたいの経緯は父さんから聞いていたから、おおよそのことは想像がつく。そもそも怪我もしてないのに診断書なんて書けるわけがない。じいさんの病院で断られたから、わざわざ僕の病院まで来たらしい」

　拓実はいい迷惑だと言いたげにため息を吐く。

「迷惑をかけてすみません」

　申し訳なさに肩を落とす乃々香に、拓実が不思議そうな顔をする。

「なんで乃々香が謝る？　謝るなら、一応あれの兄である僕の方だろう」

そう言って、拓実は煩わしげに頭を掻いた。

それは乃々香に謝るのが嫌というよりも、莉緒と兄妹であることにうんざりしているといった感じに見えた。

乃々香の目にも、同じ親子でも、伯母と拓実の間には莉緒とのような親密さを感じなかった。

伯母は乃々香のように拓実を目の敵にしているわけではないが、それでもひどく冷淡な雰囲気で接していた。莉緒も兄として拓実を慕う素振りはなく、どこか小バカにしている印象があった。

そのせいもあるのか、拓実は医師になった今も木崎の家とは距離を置いている。

彼の気持ちがわかるだけに、どう言葉をかければいいかわからない。

なんともいえない表情を浮かべている乃々香に、拓実が薄く笑う。

「そんな顔しなくていいよ。愚痴を言いたくて東京まで来たわけじゃない。僕が莉緒の側につくことはないって、伝えにきたんだ」

そう話す拓実は、もし莉緒がどうにかしてでたらめな診断書を手に入れたとしても、昨日の診断をもとにその主張を覆すことを約束してくれた。

「色々、ありがとうございます」

深く頭を下げる乃々香に、拓実が表情を和らげる。

「そんなことより、改めて結婚おめでとう。連絡先を知らなかったから、急な訪問になって悪かったな」

そう言われて、拓実とは個人的な連絡先の交換をしたことがなかったと気付いた。

その流れで互いの連絡先を交換する。

「相手は、いい人なのか？」

操作し終えたスマホをしまいながら拓実が聞く。

「はい」

享介の姿を思い出して明るい表情で頷くと、拓実が静かに笑った。

「それはよかった。今まで色々と悪かったな」

「それは拓実さんのせいじゃないです」

それと同時に、乃々香のせいでもない。

せめてこれからは、対等な親戚付き合いをしていけたらいいと思う。

すぐに席を立つのも悪いと思ったのか、拓実は運ばれてきたコーヒーを飲みながら、ポツリポツリと乃々香の両親の思い出話をしてくれた。

木崎の家で顔を合わせていた頃は、互いに伯母や莉緒の機嫌に振り回されることが多く、ゆっくり話したことがなかったが、拓実との会話は祖父と話している時のような穏やかな気分にさせてくれた。

会話のついでに新婚生活について聞かれたので、享介との些細な日常について話した。

するると拓実が薄く笑って頷く。

「僕も似たようなものだが、じいさんも父さんも悪い人じゃないが、感情的な争いごとが苦手だし、忙しすぎる。家にいる間は、あまりいい環境ではなかったから、幸せそうで本当によかったよ」

その表情を見て、彼が乃々香の新婚生活を気にかけると共に、心からの祝辞を述べるために会いに来てくれたのだとわかった。

その気遣いが、素直に嬉しい。

「ありがとう」

屈託なく微笑む乃々香の姿に、拓実はなにかを噛み締めるように左頬に小さなエクボを作って頷く。そして、腕時計へ視線を向けた。

「母や莉緒のことは気にせず、幸せになれよ」

この辺が潮時と判断した拓実が帰り支度を始める。

「うん」

「そういえば、式はどうするんだ？」

「……」

乃々香が困ったような顔をすると、気の毒そうに肩をすくめられた。

「あんな家族がいちゃ、厳しいか」

「そういうわけじゃないんだけど、彼も忙しくて……」

これまでも似たような質問をされることはあった。彼と想いを確かめ合った今、結婚を象徴するものがなにもないことを残念に思ってしまう。

「三國の次男坊は、自分で会社を立ち上げて成功しているやり手と聞くから、忙しいのも仕方ないか。……今後、もし式を挙げることがあったら、僕にも声をかけてほしい。連絡先もわかったことだし」

そう告げた拓実は、最後にもう一度「結婚おめでとう。この先なにか助けが必要になったら、遠慮なく連絡をくれ」と言って立ち上がった。

考えてみれば、身内から手放しの祝福を受けたのは初めてだ。

これまでどこか距離を感じていた拓実との関係が、急に縮まったように思える。

「うん。ありがとう」

それが嬉しくて、乃々香は明るい表情で返して立ち上がった。

そして店先で握手を交わして、拓実とは別れた乃々香は、その背中を見送り、晴れやかな思いで午後の業務のために会社へと引き返した。

グリーンサーフネットワークの自室でパソコンを操作していた享介は、ノックの音に顔を上げた。

こちらの合図を待つことなく開いた扉から、荒川が顔を覗かせる。

「三國、メシは？」

「定時で……というか、それより少し早めに帰りたいからいい」

勝手に部屋に入ってくる荒川にそう返して、享介は視線をパソコンに戻す。

「乃々ちゃんと約束？」

茶化すような雰囲気で聞いてくる荒川を一度は無視しようと思ったが、すぐに考え直して顔を上げる。

「そうだ。それから、俺、しばらく勤務時間を短縮するから」

「はい？」

「急ぎの仕事は、持ち帰って家で片付けるから問題ない」

享介の言葉に、荒川は冗談じゃないと目を丸くする。

「なに勝手に決めてくれてんのっ！」

「リモートワークのようなものだ。会社に迷惑をかけるようなことはしないから、気にするな」

「社外秘で持ち出し禁止の資料を扱う時はどうするつもりだよ」

　内容によっては持ち出し禁止の資料もあるし、万全のセキュリティを考えるのであれば、社内で作業した方が安全である。だから享介と荒川は、他のスタッフのようにリモートワークをせずに出社しているのだ。

　それに作業手順や進捗状況によっては、他のスタッフの作業を待って享介や荒川が作業に入ることもあるので、自分のワガママばかり通すわけにもいかないだろう。

「だよなぁ」

　焦る荒川を見て幾分冷静さを取り戻した享介が、椅子の背もたれに体重を預けながら唸った。

　享介自身、自分がどれだけ無茶なことを言っているか理解している。

　グリーンサーフネットワーク内での業務だけでなく、会社の広報的な役割も担っている享介には、商談や会食、異業種交流会といった時間の融通が利かない業務も多い。

　その辺の仕事は、発想力はずば抜けているが、性格にむらっけがあり、人の好き嫌いが激しい荒川には任せられない部分だ。

　それでも、莉緒がまた、乃々香になにかするのではないかと考えると気が気ではない。

もしもの時に備えて、常に乃々香に寄り添い、全ての危険から彼女を守りたいと思う。他の誰でもなく、自分一人が乃々香の安全を守れる存在でありたい。それは強い愛情を自覚した故の歪んだ独占欲の一種なのかもしれないが、その衝動を抑えられるほど、自分はできた人間ではないのだ。

「どうかしたのか？」

背もたれにめいっぱい体重を預けてぼんやり視線を彷徨わせていると、荒川が顔を覗き込んできた。あんまり近くまで顔を寄せてくるので、手で追い払いながら姿勢を戻す。

今後のことを考えれば、共同経営者である荒川には知る権利があると判断し、昨日の出来事を簡潔に話し始める。

「……なるほどね」

話の途中から立っているのがおっくうになったのか、デスクの端に浅く腰掛けて話を聞いていた荒川が嫌そうに唇の形を歪める。

そして顎に指を添えてしばらく考え込むと、さも名案を思いついた、といった感じで指を一本立てた。

「そんな親戚がいるんじゃ乃々ちゃんも大変だし、親戚やめちゃえばいいよ」

軽い口調で言ってくるが、享介としてもその意見には賛成だった。

この先の乃々香の人生は、享介が責任を持って守っていくし、木崎の人間には彼女の人生から是非とも退場願いたい。

　とはいえ……

「こちらが絶縁宣言したところで、向こうが絡んでくるんじゃ意味がないだろ」

　だからこそ、悩ましいのだ。

　もちろん亨介だって、このままあの二人を野放しにしておくつもりはない。だからその対策を練る間だけでも、可能な限り乃々香の側にいたいのだ。

「ヘタレだな」

　どうしたものかとため息を吐く亨介の顔を覗き込み、荒川が笑う。

「その言葉を甘んじて受け入れたら、帰っていい？」

「いいわけないだろ」

　ダメもとで聞いてみたが、即座に却下された。このワガママを聞いてもらえるのなら、本気でこの先ずっと『ヘタレ』と呼ばれても構わないと思ったのに。

　予想通りの返答に嘆息するしかない。そんな亨介の鼻先に、荒川が封筒を差し出す。

「こんなタイミングでなんだけど、これ任せていい？」

　角度によって異なる光沢を見せる乳白色の封筒は、薔薇(ばら)をかたどった銀箔押しがされており、見ただけで上質な紙を使用していることがわかる。

　開封すると、パーティーの招待状が出てきた。

「どこのパーティーだ？」

来週末のスケジュールを確認している間に、荒川が海外資本のベンチャー企業の名前を口にする。

「新ＣＥＯの就任パーティーだよ。この先、うちの大事なお客さんになるかもしれない相手だから、しっかり顔を繋いできてくれ」

パーティーのような華やかな場所は享介の担当と思っている荒川は、当然のように告げるが、さっきの話を聞いていたのかと問いたくなる。

もの言いたげな視線を向ける享介に、荒川は立てた人差し指を左右に振った。

「それ、パートナー同伴だから。乃々ちゃんも一緒に連れて行けば問題ないだろ」

サラリと言ってくれるが、このタイミングでそれはどうかと思う。

「だって、契約結婚を思いついた時、そういう場所に同伴させる女性がいた方が楽だって、自分でも言っていたじゃないか」

――まあ、確かに……

乃々香を愛する前は、結婚のメリットにその程度のことしか考えつかなかった。ほんの一ヶ月ほど前の話なのに、今の享介には、見ず知らずの他人の意見のように聞こえてしまう。

人を愛するということの意味を知って、自分の価値観はことごとく覆（くつがえ）されたようだ。

「あの頃とは、色々事情が違う」

　享介は、荒川の突っ込みに対する予防線の意味を込めて、敢えて不機嫌な口調で言う。

「じゃあ、乃々ちゃんとの結婚は隠しておくの？」

「別に一生隠しておくわけじゃないが、今は時期が悪い」

　どこか非難めいた荒川の言葉にそう返す。

「なんで？　せっかく若くて可愛い奥さんもらったんだから、見せびらかしなよ。しかも乃々ちゃん、そういう社交の場で絶大な人気があったんでしょ？　それを享介が射止めたとなれば、グリーンサーフネットワークとしても、いい話題作りになるじゃないか」

　荒川が乃々香をパーティーに同伴させるように勧める理由は、そこにあるのだろう。

「仕事のために、彼女を利用する気はない」

　乃々香との結婚を隠す気なんてもちろんない。彼女の夫は自分だと、今すぐにでも誇示したいと思っているくらいだ。

　享介が結婚したことも別に隠してはいないので、知っている人は知っている。

　ただその相手が木崎総合病院長の孫娘だとわかれば、周囲は二人の関係を、政略結婚だと思うだろう。

　ＭＫメディカルは、透析機器を主軸に、血管手術に使うステントやカテーテルなどの微細な医療器具を取り扱っている。

元は業界の中でも十位に入るくらいの業績を上げていたが、享介が就職する数年前にリコールと行政指導を受けたことをきっかけに低迷していた。それもあって、家族に思うところはあっても、家業が衰退していくのを見ていられずにMKメディカルに就職したのだ。

それから約十年かけて、業績を全盛期の頃に戻す道筋を作ってきたのに、家族はそれだけでは満足せず、一足飛びの業績アップを目指し、医師会で一目置かれる木崎院長の孫娘との政略結婚を画策したのだ。

きっかけがそこにあるだけに、自分たちの結婚をそう捉(とら)える者がいるのは仕方ないが、それでも享介がMKメディカルを辞めたという話がもう少し広まってからの方が、そういった周囲の邪推を減らすことができるだろう。

なによりこのタイミングで、二人で仲睦まじくパーティーに出席していたなどという話が木崎夫人や莉緒の耳に入るのは避けたい。

今回のパーティーの趣旨から考えて、さすがに木崎総合病院と直接的な関わりのある招待客はいないかもしれないが、どこでどう話が伝わるか、わかったものではないのだから。

乃々香のことを思えば、少しでも彼女を不快にさせるリスクを減らしておきたいのだ。

招待状を指で挟み、煩(わずら)わしげに揺らしながら享介はそんな心情を話す。

それを聞いた荒川は、肩のあたりで両方の手のひらを天井に向けたオーバーリアクションで、理解できないと意思表示してくる。

「そうやって、なにも相談してもらえずにあれこれ決められて、パーティーにも連れて行ってもらえないなんて、乃々ちゃんからすれば、その方が傷付くんじゃないか？」

「俺は、彼女を守っているだけだ」

自分が乃々香を傷付ける側に回るはずがない。

思わず強い口調で言い返した享介に、荒川が冷めた眼差しを向ける。

「ビジネスも夫婦関係もギブアンドテイクだ。一人で全部背負い込もうとせず、ちゃんと話し合って、乃々ちゃんをお前の人生に巻き込んでやれよ」

その言葉に、以前乃々香に『全ての結婚はギブアンドテイクの契約だ』と語ったことを思い出す。

享介としては、彼女が自分の側にいてくれるだけで十分な見返りをもらったと思っている。

そんな享介の考えを、荒川は「お前の自己満足だろ」と、切って捨てた。

「ギブアンドテイクってことは、相手もお前との関係が対等だと思えてこそ成立する話だ」

天才肌な分、思考が偏った面のある荒川だが、変なところで核心をついてくる。

荒川の言うとおり、乃々香の意見を無視して進める話ではない。

彼女のことを愛しすぎて、普段の自分ではあり得ないほど冷静さを失っていたようだ。

「……彼女と話し合ってみるよ」

享介がポソリと返すと、学生時代からの長い付き合いである荒川がニンマリと目を細める。

「そうしなよ。せっかくの夫婦なんだから」

こいつの前で、惚れた女のために一人で熱くなっていた自分が恥ずかしくなってしまう。

「悪かったな。ありがとう」

気まずそうに、それでも律儀にお礼を言った享介に、荒川が立ち上がりつつ返す。

「恋をすると、女はどんどん綺麗になっていく。でも男は、相手を好きになればなるほど、どんどんヘタレになっていくよな」

悔しいがそのとおりだ。

「やけに実感がこもってるな。経験談か？」

悔しまぎれにそう言うと、荒川が肩をすくめる。その苦々しい顔を見るに、あながち間違ってなかったのかもしれない。

古い付き合いである彼に、自分の知らないどんな恋愛遍歴があるのか多少気になるが、変に藪を突けば面倒なことになりそうなので黙っておいた。

「パーティー、前向きに検討しておいて」

そう言って、荒川は部屋を出て行こうとする。

ドアを開けたところで、ふと思い出したように視線を戻してきた。

「乃々ちゃんのこと、おめでとう。今度ちゃんと、二人にお祝いさせて」

それだけ言うと、荒川は享介のオフィスを出て行った。

友人からもらった「おめでとう」の言葉が、胸にくすぐったく馴染んでいった。

◇◇◇

約束どおり職場まで迎えに来てくれた享介の車でマンションに戻り、バスルームでお湯の準備をしてきた乃々香は、リビングのソファーの脇にビジネスバッグを置き、スーツのジャケットを脱いでいた享介に声をかけた。

「享介さん、明日からは一人で出勤します」

「……」

その言葉に、享介は動きを止めて小さく目を見開く。

彼が口を開く前に、乃々香は言葉を続ける。

「今日、職場に従兄の拓実さんが来たんです」

困惑の色を深めた表情の享介は、ネクタイを軽く緩めながらソファーに腰を下ろした。

その動きに合わせて、乃々香もソファーに歩み寄る。

「拓実さんって、確か木崎の家とは距離を置いて、隣の県で働いているんだよね？」

なにかの会話の流れで、拓実が神奈川の病院で働いていることを話した時があった。

享介はそれを記憶していたらしい。

「そうです」

乃々香は享介の隣に座り、拓実が自分を訪ねて来た経緯について説明する。

莉緒がしてもいない怪我の診断書を手に入れようとしていたと聞き、享介の眉間に皺が寄った。

乃々香は拓実が話していたことを伝え、その件でこれ以上莉緒がなにかしてくることはないだろうと彼を安心させた。乃々香が話したかったのは、その部分ではない。

「……拓実さんとは、それほど親しくなかったんです。だから余計に、お祝いを言いに来てくれたことが嬉しくて。そういうふうに、純粋に祝福してくれる人がいるのに、逃げ回るような結婚生活は送りたくないんです」

「だけど……」

眉間の皺をそのままに、享介が唸る。そんな享介の手に、乃々香は自分の手を重ねた。

「以前、享介さんは私に『両親を誇りに思うなら、その子供である自分を粗末に扱うべきじゃない』と言ってくれました。それは、享介さんとの結婚生活にも言えることです」

この結婚は、自分にとって逃げ隠れするようなことじゃない。

彼の妻であることを誇りに思うからこそ、伯母や莉緒の悪意に負けたくないのだ。

強い意志を込めた眼差しで彼を見上げ、乃々香は真摯に自分の思いを口にしていった。

その言葉を聞いていくうちに、享介の眉間に刻まれた皺が薄れていく。

「俺が君に惹かれたのは、その真っ直ぐな強さや優しさにあったのに、それを忘れて一人で空回りしていたみたいだ」

「私が強くいられるのは、享介さんの言葉が背中を押してくれているからです」

「まいったな」

クシャリと乱暴に前髪を掻き上げて、享介は目尻に皺を寄せて笑う。

「なにがですか?」

「なんていうか、荒川に言われたとおり、男は恋をすると、どんどんヘタレになっていくらしい」

苦いものを噛み締めるように奥歯に力を入れた享介は、腕を伸ばしてソファーの脇に置いた自分のビジネスバッグを持ち上げる。

そして中から白い封筒を取り出して、乃々香に差し出してきた。

怪訝(けげん)な表情を浮かべつつ、すでに開封されている封筒の中身を確認する。

「パーティーですか？」

「俺の妻として、同伴してもらえないか？」

「――っ」

思いもしなかった彼の申し出に、乃々香が目を大きく見開いた。

その表情の意味するところがなんであるかを知るのが怖いといったふうに、享介は乃々香が返事をするより早く言葉を足す。

「ただ、俺が結婚したことは多少広まっているが、相手が誰であるかまでは知られていない。俺がＭＫメディカルを辞めたことが知れわたる前に、その相手が乃々香であるとわかれば、邪推される可能性もあるから……」

普段は一般的な会社員として過ごしている乃々香だが、社交の場で自分がどういった立ち位置に置かれているかは承知している。

つまり享介は、自分と彼の結婚が家同士の政略結婚と誤解されたり、乃々香が不快な思いをしたりすることを心配してくれているのだ。

彼のその配慮を理解した上で、乃々香は強気に微笑む。

「言いたい人には言わせておけばいいんです。そんなこと、この先、私と享介さんが仲良く暮らしていけば、くだらない噂だと気付いてもらえることですから」

迷いのない乃々香の言葉に、享介はなにかに弾かれたように目を瞬かせた。

そんな彼に冗談の意味も込めて、「だから、大事にしてください」と威張っておく。

享介は目から鱗が落ちたというような顔で、乃々香の顔をまじまじと眺め、数秒かけて自分の前に立つ女性が誰であるかを確認して嬉しそうに笑う。

「もちろん。世界中の誰よりも幸せな結婚をしたって思わせてみせるよ」

その言葉が聞けるなら、それで十分だ。

「享介さんの妻として、パーティーに連れて行ってください。それに結婚を申し込んだ時、パーティーで妻として振る舞ってくれると助かると言ったのは、享介さんです。貴方のために、私で役に立てることがあるなら、喜んで協力したいんです」

「確かにあの時はそう言ったが、俺としては、君を利用するようなことはしたくないのだが……」

それでもなお遠慮の色を見せる享介に、乃々香は首を横に振る。

「利用すればいいんです。私だって、享介さんの存在を利用して強くなっているんだから、それでこそフェアな関係です。夫婦ってそういうものでしょ」

胸を張る乃々香の左手に、享介は繊細な美術品に触れるような丁寧な動きで触れ、恭しく持ち上げた。

「愛してる。俺と結婚してくれてありがとう」

乃々香の目を真っ直ぐに見つめて感謝の言葉を口にした享介は、彼女の薬指の付け根に口付けをする。

そして上目遣いで乃々香を見上げ、「指輪を買いに行かなくちゃな」と微笑んだ。

「はい」

その言葉に、乃々香は目を細めた。

一緒になる順番が一般的な夫婦とは違うかもしれないけど、こうやって緩やかに、自分たちは自分たちのペースで夫婦になっていくのだ。

「一生、俺から離れないでくれ。もう君なしでは生きていけないから」

「それは、私の台詞（せりふ）です」

そう返し、引き寄せられるように唇を重ねた。

お互いの存在を確認し合うみたいに唇を重ねていると、キッチンにある給湯機のパネルがお風呂の準備ができたことを知らせてきた。

「享介さん、お風呂に入ってきてください。その間に夕飯を作ります」

そう言って、乃々香は享介の胸を押して立ち上がろうとする。しかし、素早く乃々香の腰に腕を回した享介に引き寄せられて、離れることができない。

「あの……」

手を離してほしいと視線で訴えたが、逆に熱っぽい視線を向けられる。

「一緒に入ろうか？」

「えっ」

思いがけない言葉に、乃々香はキョトンと目を見開き、すぐに首を横に振る。

昨夜、初めて男性と体を重ねたばかりの乃々香に、その行為は恥ずかしすぎた。

「え、遠慮しますっ」

激しく首を横に振って離れようとするが、享介は悪戯な笑みを浮かべて、腰と背中にしっかりと腕を絡めてくるので逃げ出せない。

「一生離れないでいてくれるんだろう？」

「それは……」

返事に窮する乃々香を楽しみつつ、享介は彼女の首筋に顔を埋めて深く息を吸い込む。

腕に力を入れて強く抱きしめ、甘く掠れた声で囁く。

「俺をこんなに惚れさせた乃々香が悪い」

情欲を隠さない彼の声は男性的な魅力に溢れていて、乃々香の体がゾクリと粟立った。

彼の体温を間近で感じていると、今日一日、下腹部に残っていた鈍い痛みが、官能的な疼きへと変化していく。

立ち上がろうとしたところを捕まった乃々香は、いつもより低い位置にある彼の顔を見つめた。生きることに迷いのない目をした彼と視線が重なる。

今さらながらに整った顔立ちをしていると思うが、彼はただ整った顔立ちをしているだけではない。内側から溢れる生命力が、彼に気高い孤高の獣のような雰囲気を纏わせている。

そんな気高い獣に、唯一無二の存在として求められて、拒めるはずがない。

享介の情熱的な視線を受け、心だけでなく体まで囚われ、身動きが取れなくなってしまう。

「……」

「俺を拒まないでくれ」

膝立ちのまま彼を見下ろす乃々香に、享介が首を反らして口付けを求めてきた。

抱きしめる腕の中で乃々香が抵抗の意思をなくしていることは伝わっているはずなのに、享介は敢えて甘い声で懇願してくる。

そんなふうに言われたら拒めないことを承知した上で、享介は乃々香の心を言葉で縛り付けようとする。

「その言い方はズルイです」

そう詰ったところで、彼に求められるまでもなく、乃々香の心も体も享介のものなのだ。

甘く鼻にかかる声で文句を言いながら乃々香の方から唇を重ねると、享介が満足そうに息を吐いた。

「知ってる」

唇を少し離して、享介が確信犯の笑みを浮かべる。

そして背中に回していた方の手で乃々香の顎を掴み、下唇を舌でなぞってから言う。

「乃々香だって、俺が遠慮して欲しいものを我慢したりしないことくらい知っているだろ」

だから諦めて望みに応じるべきだと、享介は乃々香を味わい始める。前歯でふっくらとした唇を甘噛みしたかと思うと、軽く顎を持ち上げて喉に舌を這わせる。

「ん……あぁ……」

肌に触れる艶かしい感触にぞわりとした痺れが走り、無意識に甘い声が漏れてしまう。

その声をもっと聞きたいと言いたげに、享介は乃々香の細い首筋を舌でくすぐっていく。

首筋を伝った舌は、ブラウスの隙間から覗く鎖骨を撫でる。

何度も何度も丹念に舐められて、乃々香はビクビクと体を跳ねさせてしまう。

「や……だめっ…………っアッ」

彼の舌に気を取られていた乃々香は、腰を支えていた手が臀部に移動してスカートをたくし上げる感触に息を呑み、咄嗟に身を捩ろうとした。

しかし、すかさず塞がれた唇から舌をねじ込まれ、拒絶の声を上げることができなくなる。

そうしながらスカートをたくし上げた手を、下着の中へ侵入させる。

「——っ」

するりと滑り込んだ享介の手が、乃々香の薄い尻肉を直に揉む。

明るい部屋で服を着たまま、そんな場所を撫でられることが恥ずかしくて、乃々香は身を捩らせてもがく。

しかしそんな乃々香を叱るように、享介の長い指が割れ目に深く沈められると、それだけで力が抜けてしまう。

「あんっ」

ダイレクトに弱い場所を撫でられて、乃々香は熱い息を漏らした。

もどかしさから無意識に彼の背中に腕を回し、しがみついてしまう。

そんな乃々香の反応に気を良くした享介は、長い指で乃々香の陰唇を押し広げて割れ目を撫でる。

「濡れてきてるよ」

乃々香の耳元に顔を寄せ、享介が甘く囁く。

「ちが……ッ」

乃々香がなにか言うより早く、再び唇を重ねてきた享介は、舌と指で彼女を攻め立てていく。彼に触れられると素直に感じてしまうのだ。

軽い酸欠に陥(おちい)るほどのディープな口付けと指の動きに、頭がくらくらして羞恥心(しゅうちしん)を訴える余裕もない。

享介は、乃々香がどんな反応を示すのか承知した上で翻弄(ほんろう)しているのだろう。

彼の声も眼差しも、触れる手の感触も、乃々香の心から冷静さを奪って扇情的(せんじょうてき)に掻き乱す。

「……ずるいです」

ディープな口付けの合間に詰(なじ)る乃々香に、享介は悪びれる様子もなく告げる。

「お詫びに、綺麗に洗ってあげるよ」

その言葉に、乃々香の体の奥から熱い蜜がとろりと漏れる。

恥ずかしいのに、体はひどく淫(みだ)らな反応を示してしまう。

それは、乃々香の中に指を沈める享介にも伝わっているのだろう。

享介が満足気に息を吐いて、乃々香の中から指を抜き出す。

ずるりと、まだ十分に濡れていない媚肉を指で擦られて、腰から力が抜けていく。

脱力した乃々香が床に落ちないように体を支えながら、享介は素早く彼女の背中と膝裏に腕を回して抱き上げた。

抱き上げられた瞬間、床に落とされないように彼の首に腕を回してしがみつく。

「あの……これ以上は、もう駄目です」

できれば、もうこれで許してほしい。

乃々香は視線で訴えたが、愛撫で潤んだ眼差しで見つめられた享介にとっては逆効果でしかない。

「そんな目で言われても、誘われているとしか思えない」

瞳に野性的な熱を灯した享介は、乃々香を抱き抱えたままバスルームに向かった。

洗面所に入った享介は、彼女を広い洗面台の上に座らせる。

マンションの洗面台は、木目の美しい一枚板のカウンターに陶器製の洗面ボウルが設置されている。逃げようとしても足は床に届かないし、包囲するように体の両側に腕をつかれると身動きが取れない。

「愛してる」

耳元で囁く享介の声が、乃々香の鼓膜を痺れさせる。

その声に導かれるように視線を向けると、情熱的な眼差しを向ける享介と目が合った。

互いの視線を絡めたまま唇を重ねると、一気に愛おしさが込み上げてきて、離れられなくなる。

「愛してる」

唇を解き、熱い吐息を漏らした享介が再び囁いた。

彼の愛情に心を縛られ、乃々香から完全に抵抗の意思が消える。

「私もです」

観念したように彼の胸に額を寄せ、乃々香が返す。

心から愛せる人に出会えただけでも十分に奇跡的な出来事なのに、その人から惜しみない愛情を注がれている。その奇跡を、味わいたいと思ってしまった。

乃々香の本音を本人以上に承知している享介は、頬や首筋に口付けをしながらブラウスのボタンを外していく。

享介が優しい手つきでボタンを外し終えると、乃々香も彼が服を脱がすのを手伝う。

乃々香の服を全て脱がした享介は、自身の服も全て脱ぎ去る。

昨日は緊張もあって深く意識することはなかったが、明るい場所で目にする彼の肢体は、引き締まっていて無駄な贅肉が一切なく、芸術的な美しさだ。

その姿に心が奪われてしまう。

「……？」

乃々香の視線に気付いた享介が、首をかしげて視線で問いかけてくる。

そんな彼の胸に額を寄せ、乃々香は囁く。

「享介さんの体、初めてちゃんと見た気がします。……その、緊張して、どうしていいか……」

「ああ、そうだったね」

耳まで真っ赤にして話す乃々香に頷いた享介は、腰を屈(かが)めて頬に口付けをしてから「俺もだよ」と返す。

「女の人に触れることに、こんなに緊張するのは初めてだ」

「……？」

自分と違い、経験豊富そうな大人の男性の彼にそんなことがあるだろうか。

不思議に思う乃々香に、享介が苦笑する。

「乃々香が好きすぎて、触れ方を間違えると、嫌われて他の男に取られたりするんじゃないかって怖くなる」

そこで一度言葉を切った享介は、乃々香の首筋に唇を這(は)わせてから続ける。

「それなのに、乃々香が魅力的すぎて触れずにはいられない」

享介の言わんとしていることは、乃々香にもわかる感情だ。

乃々香だって、享介が好きだからこそ、今この瞬間も、彼の目に自分がどう映っているのか不安になる。それなのに彼に求められると、自分の全てを晒(さら)して身を委(ゆだ)ねたくなるのだ。

「私も同じです」

そう返す乃々香は、「でも、私が享介さん以外の人を好きになることなんてあり得ません」と付け足す。

そんなことあり得ないと乃々香が首を横に振ると、亨介が軽々と抱き上げてきた。

「──っ」

その浮遊感に驚く乃々香の首筋に顔を埋めて亨介が囁く。

「じゃあ、安心させて」

そう告げて、亨介は乃々香を抱き上げたままバスルームへ運んでいく。

扉を開けると、温かな湯気が乃々香と亨介の体を包んだ。

湯を張ったバスタブに二人で体を沈めると、溢れたお湯が黒いタイルを濡らしていく。

「…………」

お湯に浸かると、本能的な安堵感に包まれる。ホッと息を吐く乃々香だが、次第に羞恥心が顔を出す。

二人で湯船に浸かっている状況に居たたまれなくなって、亨介の腕から逃げたくなるけれど、彼がそれを許すはずもない。

「おいで」

子猫を宥めるような口調で囁いた亨介が、浮力を借りて乃々香を自分の膝の上に座らせた。

「……あっ」

両脚を広げて彼の腰をまたぐだけでも十分恥ずかしいのに、開かれた陰唇に温かいお湯が触れる感覚は、愛撫(あいぶ)とは異なる刺激を乃々香に与える。

その感覚を持て余し、もぞりと腰を動かすと、内ももに彼の昂(たかぶ)りが触れて緊張してしまう。

「今すぐ挿(い)れていい？」

乃々香の視線をたどり、享介が聞く。

確かに享介のそれは、今すぐにでも乃々香を貫きそうな勢いで屹立(きつりつ)している。

お湯に触れるだけでももどかしい熱を感じる場所を、彼のもので貫かれ擦り上げられると想像した途端、急に怖くなる。

「だ、駄目っ」

乃々香は慌てて腰を捻(ひね)り、湯船から逃げ出そうとしたが、享介が彼女の腰に腕を絡めて邪魔をする。

「冗談だよ」

バスタブの縁に手をかける乃々香に覆(おお)いかぶさった享介が優しく囁(ささや)く。

その言葉に安堵した乃々香が手の力を緩めると、享介の手が乃々香の脚の付け根を撫でてきた。

「あぁぁっ」

ふやけた陰唇を撫でられる感触に、乃々香は背中を反らして甘く喘いだ。

バスルームに響いた嬌声に、享介が興奮したように息を吐くのを背中で感じた。

乃々香の秘所を撫でながら、人差し指と薬指で陰唇を広げ、中指を沈めてくる。

その瞬間、お湯とは異なるぬめりけのあるものが中から溢れてくるのを感じた。

「挿れるのは、もっと乃々香をいやらしくしてからだよ」

そう宣言して、獲物をなぶる獣の如く乃々香の背中を舌で舐める。

火照った肌に触れる彼の舌は、乃々香の体温より熱い。

「……っ」

肩や首筋を這う舌の感触に、乃々香は熱い息を漏らした。

お湯の中で淫らに動く指は、媚肉をくすぐるように撫で、乃々香の中から新しい蜜を掻き出していく。

不意に長い指を根元まで沈められて、乃々香の口から嬌声が漏れる。

「ああ…………」

愛されることを知った乃々香の体は、彼によって大きく作り替えられてしまっていた。

人を愛する喜びも、愛する人に愛される喜びも、享介に教えてもらった。

「ほら、力を抜いて」

昨日、初めて男性の体を知ったばかりの乃々香には、全ての刺激が強すぎる。

それでも、情熱的に体を愛撫されれば簡単に理性は溶かされ、彼の指示に従ってしまう。

素直に力を抜いた乃々香を支えながら、腕を伸ばした享介がボディーソープのボトルのポンプを押してそれを手に取る。

とろりとしたボディーソープを手のひらに馴染ませた享介が、乃々香の胸をやんわりと撫でた。

彼の膝に乗せられ腰までしか湯船に浸かっていない乃々香の胸に、とろりとしたボディーソープを絡めた指が触れる。

肌を艶かしく刺激するその感覚に乃々香が身を捩ると、湯が波打ち、乃々香の胸や首筋を濡らしていく。それがボディーソープと混じり合い、彼の手の動きが滑らかになり、指の動きをいっそう艶かしいものへと変化させる。

「ア――ッ」

ボディーソープを絡めた享介の手は、肌にねっとりとした感触を与える。ソープで滑る指で胸を鷲掴みにされても、スルリとすり抜けていった。

享介はその感触を楽しむように、繰り返し乳房を鷲掴みにする。

乱暴に掴み、握り潰すように指を動かしても、ボディーソープのせいですぐに彼の手から胸の膨らみが零れ出る。その瞬間、彼の指に乳首を強く挟まれるので堪らない。

彼の腕の中で乃々香が身悶える度に、湯船のお湯がチャプチャプと波立つ。

乱暴なほど強く胸を掴まれているはずなのに、ボディーソープの滑りがその激しさを緩和させ、ただ淫らな熱となって乃々香の思考を奪ってくる。

もう一度腕を伸ばしてボディーソープを手に取った享介は、今度はその指を乃々香の下半身へ伸ばしていく。

ソープを絡めた彼の指が、乃々香の秘所を撫でる。

敏感な場所に触れたぬるりとした感覚に、乃々香の背中がゾクゾクと震えた。

「……熱い」

享介の指が動く度に、乃々香は体をヒクヒクと跳ねさせる。

「享介さん、これ……駄目っ」

バスタブの縁を掴んで乃々香が細い声で喘ぐ。

鼻にかかった甘い声で制止したところで、享介が聞き入れるはずもない。

さらに欲望を煽るように、ねちっこく指を動かしていく。

「乃々香の中から、どんどん蜜が溢れてくるよ」

耳元でそう囁く享介は、乃々香にそれを自覚させるように、蜜口でゆっくり指を動かす。

ソープと乃々香の蜜を混ぜ合わせるように、享介の指がくるくると弧を描く。その動きが切ない熱となり、乃々香の内側を熱く焦がしていった。

「……ぁっ……ハァッ……っ」

「乃々香、感じている？」

バスタブの縁を両手で掴み、崩れそうな体を必死に支える乃々香に享介が聞く。

そう問いかけながら、もう一方の手で乃々香の胸を刺激していく。

乃々香が逃げ出さないのをいいことに、享介はより淫らに喘ぐ場所を探して指を這わせていく。

彼の指が肌の上を蠢く度、乃々香は背中を反らして身悶えた。

激しく水飛沫を上げながら喘ぐ乃々香の首筋に、享介の熱い吐息がかかる。

彼がどんな表情をしているのかわからなくても、その荒い息遣いだけで乃々香の臍の奥が疼いてしまう。

「享介……さんっ」

膝立ちになっている乃々香の臀部に、享介の昂りが触れると、それにも体の奥が反応してしまう。

彼の存在を意識すればするほど、抑えようのない快楽の渦が湧き上がり、乃々香の意識を支配していく。

もどかしい熱に支配され、切ない息を吐く乃々香に、享介が後ろから体を密着させて腰を寄せてきた。

脚の付け根にお湯より熱い彼のものが触れて、体の奥が切なく疼く。いくら経験が乏しくても、自分がなにを欲しているのか実感した。

「どうした?」

乃々香の欲しいものがなんであるか承知しているはずなのに、享介は気付かない振りをする。

そうやって焦らしながら、人差し指と中指の二本を乃々香の中へと沈めてきた。

「やぁ……ん」

乃々香の膣壁を押し広げる指と共に、敏感な柔肉に熱い湯が触れる。

享介は指を微かに曲げて、膣壁を抉るように動かした。

「ここが弱いだろ」

どこか意地の悪さを感じさせる声で囁いた享介は、容赦なく乃々香の弱点を刺激する。

そうしながら親指で敏感な肉芽を弾いた。

「キャッ——ンァ……っ」

遠慮のない彼の指の動きに、乃々香の視界で光が明滅する。

「乃々香の中、すごく熱くてヒクヒクしてる」

「ヤ……ァ」

あまりの恥ずかしさに首を横に振るが、自分の中がさらなる刺激をねだって彼の指を締めつけるのがわかる。

　こんなにいやらしい自分は、恥ずかしくてしょうがないのに、淫欲にぼやけた頭のどこかで、淫らな姿を晒すことで彼に欲求を満たしてもらえると計算している自分がいた。

「だいぶ、いやらしくなったな」

　散々乃々香を焦らしてから、享介は彼女の中から指を引き抜いた。

　ずるりと彼の指が抜けていく感触に身悶え、乃々香は姿勢を崩しそうになる。その体を支え、最初と同じように自分の体をまたがせた。

　そうしてから、彼の胸に身を委ねる乃々香の頬に貼り付いた髪を優しく整える。

「…………意地悪っ」

　キスの仕方に始まり、男女の交わりに関する全ては享介が教えたのだ。

　自分をこんなふうにしたのは、享介ではないか。

　堪りかねてそう詰る乃々香に、彼は嬉しそうに笑った。

「そんなふうに言われると、もっと意地悪したくなる」

「え？」

「もっといやらしくなって、俺から離れられなくなればいい」

　どこにも行かないで。――そう囁き、享介が乃々香の耳を甘く噛む。

　薄い唇で挟んだ耳朶に舌を這わせる。たちまち乃々香の鼓膜を、湯船の水音と享介の唾液を絡めた舌の音が刺激してくる。

その音を聞いているだけで、体の奥がどうしようもなく疼いてしまう。

淫靡な水音に気を取られているうちに、享介の指が乃々香の肉芽を撫でた。

「あぁっ――っ！」

不意打ちの快楽に、乃々香は水飛沫を上げて悶える。

自分のものとは思えない淫欲に潤んだ悲鳴をバスルームに響かせ、乃々香の意識が快楽の高みに押し上げられた。

一瞬、背中を反らして体を硬直させた乃々香は、すぐに享介の胸に崩れ落ちる。

「いったね」

浅い呼吸を繰り返す乃々香に、享介が確認するように言う。

その言葉に乃々香が頷くと、享介は乃々香の腰を撫でて聞く。

「もう満足？」

そう問いかける享介の声は、乃々香が違うと返すことを期待しているようだ。

不慣れな体勢で散々弄ばれた乃々香は、ここで終わっても満足できるかもしれない。

だが、なにを求められているかわかるから、首を横に振った。

享介が満足そうに息を吐き、彼女の臀部を優しく撫でて持ち上げた。

彼の手の動きに導かれて軽く腰を浮かせると、内股に熱く滾った彼のものが触れる。

その存在感に、思わず乃々香は息を呑んだ。

「じゃあ、どうしたらいい？」

「………」

それは問いかけであって、問いかけでない。

享介が求める行動を、乃々香がなぞる儀式だ。

その儀式を行うことで、彼にもっと愛してもらえる。そう思うと、彼の求めることは、彼女の望むことになるから不思議だ。

硬く膨張している享介のものが微かに跳ねるのが、肌越しに伝わってくる。

「乃々香のしたいようにして」

享介の言葉に、乃々香は羞恥心(しゅうちしん)を抑えて頷くと、脚に力を入れて膝立ちになる。

腰を浮かせた脚の付け根に、自分で角度を調節しながら彼のものを受け入れる。

「あぁっ……ぅう………」

ツプツプと薄い皮膚を擦りながら、熱杭のような彼のものが沈み込んできて、乃々香の下腹部を支配していく。

「乃々香っ」

彼女を抱きしめる享介が、熱い息を吐く。

「――っ！」

　さっき絶頂を迎えたばかりの乃々香は、享介の吐息が肌を撫でるだけでも堪らない。

　甘い痺れに身を任せ、なかなか動けないでいる乃々香の背中を、なにかを我慢するように眉を寄せた享介が優しく撫でる。

「これだけで満足？」

　その問いに乃々香は首を横に振る。そしてどうにか膝に力を入れ、僅かに腰を浮かせた後、一気に腰を沈める。

　たちまち乃々香の脊髄を甘い痺れが貫いた。

「はぁ…………っ」

　最初の数回は拙い動きに任せていた享介だが、我慢ができなくなったのか、彼女の細い腰を掴んで強く腰を揺すり始める。

「あぁあっ！　ヤダっ…………駄目っ」

　突然、激しく腰を揺すられて、乃々香は湯を波立たせながら身悶えた。

　水を跳ね上げ互いの体を絡め合って悶えていると、いつの間にか、乃々香は再び彼に背中を向ける姿勢になっていた。

　バスタブに膝をつき、背中を向けた乃々香の胸を片手で鷲掴みにし、もう片方の手で乃々香の肉芽を弄りながら腰を深く沈める。

「くうぅっ。……あっぁあっぁあぁう……ああっ」

体のあちらこちらを彼の存在に支配され、乃々香が熱い息を吐く。

止めどなく溢れ出る蜜を湯が流してしまうのか、中が引きつれて、彼が腰を動かす度に強い刺激が膣を焼く。

「あぁぁっ！　もうっ」

大きく飛沫を上げながら互いの体を絡め合ううちに、乃々香の声が切羽詰まったものへ変化していく。

「……許して」と弱音を漏らす乃々香に、享介が腰を打ち付ける速度を上げた。

彼が腰を動かす度、湯船に大きな波が立つ。乃々香は自分がその波に溺れているような錯覚を覚えた。だが三國享介という人が与えてくれるものに溺れる自分は、それが心地よくて仕方ないのだ。

「あぁ……はぁぁ……あぁぁぁぅっ……はぁっ。享介さん……もう……」

「限界？」

乃々香の内側の変化を感じ取ったのだろう。

答えを待つことなく、享介は腰を突き動かす速度をさらに上げていく。

一突き一突き、自分の存在を刻むように、強く激しく腰を打ち付けてくる。

その動きに翻弄され、乃々香は指先が白くなるほど強くバスタブにしがみつき、彼の欲望を受け止める。

「あっ……っ」

いよいよ体に力が入らなくなってきたところに、「いっていいよ」と囁かれた。

抑えていた感情の箍が一気に外れたように、腰をカクカク震わせながら喘いだ。

「あぁ――あっ！」

享介は崩れ落ちそうな乃々香の腰を掴んで激しく突き上げる。

「クッ」

低く唸った享介が乃々香の中に白い欲望を吐き出すと、その感覚に乃々香の腰が震えた。

すぐさま己を抜き出した享介は、余韻に体を痙攣させている乃々香を抱き上げてバスタブから出た。

ベッドに移動してそのまま素肌で互いの体温を堪能している間、享介は脱力した乃々香の背中を緩やかなテンポで叩いてくれていた。

子供扱いされているようで少し恥ずかしいが、抗いがたい心地よさがあるので困る。

自覚はなくとも両親を亡くしてから今日まで、常にどこか神経を張り詰めてきた。そんな乃々香にとって、心から信頼して身を委ねることができる享介の存在は、依存性のある媚薬のような魅力を感じてしまう。

そんな人と離れられるわけがない。

激しい行為の後の脱力感からうとうとしていると、享介の優しい声が鼓膜をくすぐる。

「結婚指輪を買いに行こう」

幸福を噛み締めるような声で話す享介は、「それに、パーティーに着ていくドレスも」と付け足してきた。

「はい」

その声が優しくて、聞いているだけで心が蕩(とろ)けていきそうになる。

「本当は、皆に乃々香を妻として紹介できて嬉しい」

誇らしげに乃々香の額(ひたい)に口付けをした享介が、二人が幸せになるために必要なものを聞いてくる。

「指輪とドレスの他になにがいるかな?」

彼の声や体温に身を任せ、夢見心地になっていた乃々香は、ふと拓実の言葉を思い出す。

「私たちの結婚を祝福してくれた人に、ちゃんとお礼を言う場所が欲しいです」

寝ぼけていた。

ハッとした乃々香は慌てて発言を取り消そうとしたが、享介に強く抱きしめられた。

「いいな」

「……え?」

思いがけない強い抱擁と、彼の言葉の両方に驚いた乃々香が顔を上げると、笑顔の享介にそのまま唇を重ねられた。

熱く濃厚な口付けを交わし、享介が言う。

「俺も荒川を始めとした親しい人に、乃々香をちゃんと紹介したい。それに乃々香の周りの人にも、俺のことをちゃんと知ってほしい」

しみじみとした声で話す享介は、ポツリと付け足す。

「そうしないと、不安になるから……」

「不安？」

「ああ、自己主張して、乃々香の日常に俺の存在を刻み込むことで安心したいんだ」

享介は、どこか面白くなさそうな表情で告げる。

さっきも彼はそんなことを言っていたが、彼のように完璧な人が、自分相手にそんな不安を抱くことがどうしても信じられない。

そんな乃々香の思いを表情から読み取った享介が、目尻に皺（しわ）を寄せて困り顔で言う。

「男ってのは、情けないくらい弱い生き物なんだよ。愛する人を失うと生きていけない。いつか誰かに君を奪われるんじゃないかって、不安でしょうがない臆病者なんだ」

「私が享介さん以外の人を好きになるなんて、あり得ないです」

乃々香は彼の頬に左手を添えて真摯（しんし）な眼差しを向ける。

その言葉に、享介が「ありがとう」と嬉しそうに笑い、幸福を味わうように強く彼女を抱きしめた。

「一人でどうとでも生きていける自信はあったけど、乃々香がいなければ知ることのできなかったことがたくさんある。家族なんて煩わしいだけだと思っていた俺は、乃々香と一緒に暮らすまで、結婚がもたらす人生の豊かさについてまるで理解していなかった」

「……」

「それを教えてくれた乃々香に、俺は人生をかけて恩返しをしていくつもりだ」

最初、乃々香にプロポーズをした時には、本当の意味で結婚する気がないと話していた彼と同一人物とは思えない発言だ。

だけどそれは、乃々香が思い描いていた理想の夫婦像そのものだった。

「もうすでに、十分すぎるくらいの幸せをもらっています」

これ以上の幸せなどあり得ないと潤んだ眼差しを向けると、上半身を軽く起こして真顔になった享介が言う。

「色々順番がおかしくなったけど、大切な人を招いて、ちゃんと結婚式を挙げよう」

強い意志を込めた眼差しを向けてくる享介は、乃々香の左手を引き寄せて甲に口付ける。そして「いつか生まれる子供のためにも」と付け足した。

「……！」

これ以上の幸せなど存在しないと思ったばかりなのに、享介はその先の幸せまで提示してくれる。

二人のこの先を想像し、乃々香は蕩けるように微笑んだ。そんな乃々香の髪を享介がクシャリと掻き混ぜるように撫でる。

そして表情を引き締めてどこか遠くを見やる。

「……」

その表情の意味するところはなんだろうと、乃々香は軽く首をかしげる。その視線に気付いた享介は、すぐにまた表情を柔らかなものへと戻した。

「そのためにも、気を引き締めなきゃなって思っていただけだよ」

それは伯母や莉緒のことを言っているのだろう。

「私も一緒に戦います」

これは二人の人生の課題なのだ。

享介がそう考え、乃々香が一人で背負い込むことではないと思うのであれば、乃々香としても、問題を彼一人に委ねるようなことはしたくない。

覚悟を決める乃々香に一瞬だけ困り顔をした享介だが、すぐに諦めたように息を吐く。

「そうだな。お互いを支え合うことで、俺たちは夫婦になっていくんだろうから」

享介は、そう返して乃々香の額に口付けた。

その温もりが、孤軍奮闘していた頃とは異なる強さを乃々香に与えてくれる。

5　それぞれの思惑

亨介の妻として同伴することになったパーティーの会場は、海外でも有名な老舗ホテルの高層階にあるイベントホールだった。

開始時刻の午後七時より少し早い時間に、亨介はホテルのエントランスでハイヤーを降りた。出迎えたベルボーイに慣れた様子で会釈しつつ、自分に続いて降車する乃々香に手を差し出す。

「ありがとうございます……？」

その手に掴まって車を降りた乃々香は、亨介のもの言いたげな視線に軽く首をかしげた。

「いや。こういう場所で、そういう格好の乃々香を見るのは久しぶりだと思ってな」

「確かに、そうですね」

今日の乃々香は、形のいい鎖骨を強調するVラインの襟元に、アシンメトリーの裾が華やかに広がるハイウエストの桜色のドレスを着ている。いつもは下ろしていることの多い髪も、今日は後れ毛を遊ばせつつアップにしているので、いつもとは印象がかなり違う。

至って庶民的な生活をしてきた乃々香だが、一応は木崎総合病院長の孫娘なので、祖父のお供として華やかな場所に顔を出すこともあった。

もともと享介とは、そういった場所で僅かながらに面識があったので、乃々香のこういう姿を懐かしく感じるらしい。

お久しぶりです――そんな思いを込めて、乃々香はドレスのスカートを摘まんで軽く膝を曲げてみせる。

そんな茶目っ気たっぷりの乃々香の姿に、享介はくすぐったそうに笑った。

「遠くから見かけるだけだった頃は、乃々香がこういう性格をしているとは思わなかったよ」

そう言いながら、享介が乃々香へ腕を差し出す。

今日の彼は、職人技を感じさせる粋なデザインのタキシードを上品に着こなし、普段は無造作に遊ばせている前髪をワックスで後ろに流していた。その姿はいつも以上に魅力的で、モデルと見紛うほど様になっている。

乃々香も、こういった彼の姿を目にするのは随分久しぶりだ。

華やかで男の色気に溢れる彼は、パーティーなどではいつも注目の的で、甘い香りに引き寄せられる蝶（ちょう）の如（ごと）く、華やかな女性たちに囲まれていた。

そんな彼と腕を組んでいる自分を不思議に思いながらも、乃々香はピンと背筋を伸ばして歩き出す。

ホテルのエントランスを通過する際、ちらりと鏡状になったガラスに映る自分たちの姿を確認したら、思った以上に様になっていた。

それはきっと、自分の心が、彼の隣にいることを当然と思うようになったからだろう。

彼の妻であるという事実が、自分に自信と誇りをくれる。

そんな思いを胸に、乃々香は彼と並んで会場へ向かった。


寄り添うようにして会場へ入ると、すぐに享介と面識がある人たちに声をかけられた。

親しげな様子で握手を交わす享介は、そのまま乃々香を自分の妻として紹介する。

すると相手はまず享介が結婚していたことに驚き、次に乃々香の愛らしさを称賛して、二人の結婚を祝福してくれた。時折、享介が結婚していることを承知していた人もいるが、その後の反応は変わらない。

新しい人と挨拶（あいさつ）を交わす度に、テンプレートのように対応を繰り返していると、乃々香の素性を知る人の中には政略結婚を勘繰る人もいた。

そんな時は、享介が、「私がそんなくだらない結婚に応じると思いますか？」と強気な笑顔ですかさず問いかけるものだから、相手も笑うしかない。

他にも、まだ式も挙げず指輪もしていないことを指摘された時は、「一目惚れして一気に結婚まで押し切ったので、準備する暇がなかった」と大真面目に返して、笑い話にしてしまった。

もとより人を魅了してやまない享介が、笑顔で新婚の妻に惚気て「近いうちに式を挙げるので、是非出席してほしい」と誘えば、誰もが喜んで出席の約束をしてくれた。

そんな彼の妻として、乃々香は祝辞をくれる人たちに精一杯の笑顔を返していった。

ひっきりなしの挨拶が途切れたタイミングで、乃々香は周囲に視線を走らせそっと息を吐いた。

「挨拶続きで疲れたか？」

享介の問いかけに、乃々香は笑顔で首を横に振る。

それでも享介が気遣わしげな表情を浮かべるので、無駄に心配をかけるよりはと思い、正直な気持ちを伝えた。

「こういう場所に来ると、つい、おじい様や伯父様に会える気がしてしまって……」

今日のパーティーの招待客は企業の経営陣ばかりで、伯母や莉緒が参加して顔を合わせるようなことはないから安心してほしいと、事前に聞かされていた。

パーティーの趣旨から考えて、医者である祖父や伯父が出席する可能性もないだろう。

頭ではそれがわかっていても、雰囲気の似た人を見かけるとつい反応してしまうのだ。

「そういえば君をパーティー会場で見かける時は、木崎院長と一緒にいることが多かったな」

乃々香の話に記憶を巡らせた亨介が言う。

あの食事会より前から、亨介が自分を認識してくれていたことを意外に思った。そして、その頃の自分が彼の目にどう映っていたのか考えると、妙に恥ずかしくなる。

首筋に触れる後れ毛に指を絡めながら乃々香が頷く。

「パーティーには、おじい様たちに会いたくて参加していたんだから当然です」

その説明に亨介が不思議そうな顔をしたので、乃々香はさらに詳しく説明した。

互いに都内に住んでいるのに、何故わざわざそんな場所で会いたいのかと言えば、自宅では伯母や莉緒の目があるからだ。

伯母も莉緒も華やかな場所を好む人ではあるが、祖父や伯父の同伴をすることは嫌うので、パーティーなどでは顔を合わせることがほとんどない。もし顔を合わせたとしても、さすがに周囲の目を気にして、そこまでひどい嫌がらせはしてこないからだ。

それに祖父たちにも、乃々香をわざわざ呼び出したのではなく、偶然会っただけという言い訳が成り立つ。

「なるほど。普段会社員として暮らす乃々香が、ああいう場所にいたのはそういう理由か」

乃々香の話に、享介は納得がいったと頷く。

しかしふと、今さらながら気になったという感じで、乃々香に聞く。

「食事会の席でも思ったことだが、盛隆氏は、もっと君のことを守ってくれてもよかったんじゃないのか？」

「昔は伯父も、どうにかしようと伯母に意見してくれたんですけど、そうすると伯母がより感情的になってひどく私に当たるようになったので、なにも言えなくなってしまったんです。拓実さんたちのことを思えば、夫婦仲は悪くないに越したことはないですから」

乃々香としても、自分を庇ったために、伯母に感情的な言葉を返される祖父や伯父の姿は見たくない。まして、自分のせいで伯父夫婦の間の揉めごとを増やすなんていたたまれなかった。

「木崎院長や盛隆氏のことは、恨んでないのか？」

その言葉に、乃々香は当然だと頷く。

「母はずっと、祖父や伯父のことが大好きでした」

この場ですぐに言葉で表現するのは難しいが、母は自分の父や兄を尊敬して愛していたし、それを当然と思える人柄の持ち主でもある。

ただ二人とも争い事が苦手なだけに、感情を剥き出しで我を通す伯母や莉緒とどう接すればいいかわからなかっただけだ。

それはその人の人格全てを否定して、拒絶する理由にはならない。

「それに父方の祖父母は私が生まれる前に亡くなっているので、両親の思い出話ができるのは、もう祖父と伯父だけでしたから」

自分の思いを説明した乃々香は、銘々にグループを作り、楽しげに談笑する人たちに視線を向けて目を細める。

いつのパーティーだったか忘れたが、会場にいた若い女性が婚約したと近しい人に報告していた。それを目にした祖父たちが、在りし日の母の話を教えてくれたことがあった。

父との結納の日、自分で着物の着付けをやると勢い込んでいた母は緊張しすぎてうまくできず、結局は半泣きで祖母に着せてもらい、結納に大幅に遅刻したそうだ。その話を聞いた父は、『彼女らしい』と笑うだけで、待たされたことを怒りもしなかったという。

祖父や伯父が懐かしそうに語る母は、家族に愛された人であり、幸せな結婚生活を送る人だった。

乃々香が結婚に憧れを持つようになったのは、祖父や伯父から聞く両親の話の影響もあるだろう。

——だからこそ、最初は享介さんと結婚なんてあり得ないと思ったんだよね……

「……？」

自分を見上げる乃々香の視線に気付き、享介が視線で問いかけてきた。

そのさりげない仕草にも、乃々香への愛情が溢れているのがわかる。

彼と出会い、気が付けば乃々香も、母に負けず劣らず愛情に溢れた幸せな結婚生活を送っているではないか。

「もし祖父たちがいたら、享介さんを紹介できたのに……って、少し残念に思っただけです」

享介と入籍した際、伯父には電話で報告した。

唐突な入籍と、その相手が享介であることに伯父はかなり戸惑っていて、祝福する余裕はなかったのだろう。

乃々香自身、その頃の二人の関係が契約結婚で、嘘を吐いているような後ろめたさもあったので、伯父に詳しい説明を求められる前に話を終わらせてしまった。

今の自分なら、母と同じように幸せな結婚をしたと胸を張って報告することができるのに。

伯母や莉緒が感情的になっている時期なだけに、こちらから連絡を取って伯父や祖父を困らせるようなことはできない。だけど、こういった場所で偶然会うことができれば……と、つい願ってしまうのだ。

「ごめん」

「え？」

乃々香は不意の謝罪に戸惑って享介を見上げた。

そんな乃々香に、享介が申し訳なさそうな顔で言う。

「食事会での盛隆氏の態度にあまり好感を持てなかったから、乃々香にとってもそうだと思い込んでいた」

享介の言葉に、乃々香は小さく頷く。

彼の言わんとすることは理解できる。

祖父も伯父も優れた医師ではあるが、人間関係においては不器用な人たちだった。それでも母はそんな二人を尊敬していたし、二人も母のことを大事にしていた。乃々香のことも案じてくれていた。

二人がいたからこそ、嫌なことの多かったあの家で生活することができたのだと思う。

家族として長い時間を過ごしてきた乃々香にはそれがわかるが、あの食事会で伯母や莉緒の言動に黙り込んでいた伯父の姿しか見ていない享介に、それが伝わらないのは無理もない。

申し訳なさそうな顔をする享介に、乃々香は気にしないでほしいと優しく微笑んだ。

「享介さんがいてくれる。それだけで私は十分に幸せなんです」

乃々香は彼の腕に自分の手を添えて、自分がこの世の誰よりも幸せなのだと誇らしげに胸を張る。

けれど、享介は難しい表情をしたままだった。人目がなければ彼の眉間の皺を伸ばしてあげるのに、ともどかしく思っていると、パーティーの出席者が享介に声をかけてきた。

「ああ、ご無沙汰しています……」

そう言って相手に右手を差し出す頃には、享介の表情は完璧に営業用のものへと切り替わっていた。

人懐っこいのに媚びているところがまるでない表情は印象的で、見ている人の心を強く引きつける。

彼の魅力に引き寄せられるように、相手は享介とそのままハグをしそうな勢いでしっかりと握手を交わしていた。

流れで乃々香も握手を求められたが、それは至って日本人的な握手だったので、享介との握手が彼にとって特別なものなのだとわかる。

乃々香に結婚の祝辞を述べた相手は、すぐに享介と仕事の話を始めた。

こういった場所で話すくらいだから、聞かれても問題ない内容なのだろう。それでも隣にいると聞き耳を立てているようで、なんだか気が引ける。

少し外の空気を吸ってくると享介に合図をして、乃々香はその場を離れた。

パーティー会場はホテルの高層階にあり、レストランがある階とも異なるため、関係者以外に人の流れはなく、廊下に出て扉を締めると中の賑わいが嘘のように遠ざかる。

音量を絞ったピアノの音色が聞こえる廊下は広く、少し離れた柱の向こうにソファーセットが設置されているのが見えた。

大人っぽいドレスのデザインと彼の身長を考慮して、いつもより高いヒールのパンプスを履いてきた乃々香は、休憩がてら少し足を休ませようとソファーセットへ向かった。

「……」

ソファーに歩み寄ったところで、乃々香の足が止まる。

円筒形の立派な柱が視界の妨げとなり近づくまで気付かなかったが、そこには先客がいた。

よほど夜景に気を取られていたのか、ソファーに座るスーツ姿の男性は、乃々香が真横に立って初めてこちらに気付いたようだ。

邪魔をしては申し訳ないと、乃々香は軽く会釈してその場を離れようとした。しかし男性は立ち上がると乃々香を呼び止めてきた。

「君は、三國享介の妻か？」

神経質な雰囲気はあるが、育ちのよさそうな人である。

そんな雰囲気にそぐわない不躾なものの言い方に戸惑いながらも、乃々香は足を止めて振り返った。

「……はい」

いきなり享介を呼び捨てにするこの男性は何者だろうか。

どちらかというと地味なデザインだが良質な作りのスーツを着ているし、今日のパーティーの参加者なのかもしれない。けれど享介の名前を口にする声に、あまり親しみを感じられないだけに警戒してしまう。

そんな乃々香の困惑を察したのだろう、相手が困り顔で息を吐き、自己紹介をしてきた。

「三國智史、君の夫の兄だ」

そう言われて、乃々香はハッと息を呑む。

「すみません。気付きませんでした。……あの、はじめましてっ」

慌てて頭を下げる乃々香に、享介の兄である智史は肩をすくめ、そのままソファーに腰を下ろした。

「アイツとは似てないからな」

どこか自虐めいた笑みを浮かべた智史が、乃々香にソファーを勧めてくる。

「兄弟なんてそんなものですよ。親が一緒でも、それぞれ違う人間なのですから」

屈託のない表情でそう返し、乃々香は智史の対角線上に配置された二人掛けのソファーに腰を下ろした。

自分の従兄姉である拓実と莉緒も、性別の違いもあるだろうが、顔も性格もまったくといっていいほど似ていない。

乃々香の自然な物言いに、智史の表情が少しだけ解れる。

「確かに兄弟なんてそんなものだ。似てなくてもしょうがないんだろうな……」

そう呟いた智史は、右手で左手首を掴んでグッと背中を反らした。

「いえ、あの……気付かなくてすみません」

乃々香としては素直な意見を述べただけなのだが、なんだか言い訳しているような気まずさがある。

それで肩を落として再び小さく詫びると、伸びをした智史が姿勢を戻して言う。

「誰かわからなくて当然だ。俺はアイツと比べられるのが煩わしくて、基本的にこういった賑やかな場所を避けてきた。だから君が俺の顔を知らないのは当然だよ」

気にする必要はないと軽く手を払った智史は、肘掛に頬杖をつき、窓の外へ視線を向ける。

そのままの姿勢で、独り言のように呟いた。

「享介は元気？　仕事は順調そうか？」

「元気です。今も中で仕事の話をしています」

その一言で想像がついたのか、智史が薄く笑う。

「まあ、アイツのことだ。心配はしてないさ。だけど、新妻をほったらかしにするのはよくないな」

チラリとこちらに視線を向けた智史は、「そんな奴は、捨ててもいいぞ」と意地悪な笑みを浮かべる。

その言葉に、乃々香は首を横に振る。

「亨介さんは、私をすごく大事にしてくれます」

智史はまた薄く笑い、視線を再び窓の外に戻した。

「仕事は順調で夫婦仲も円満。ウチを辞めても、なにも困ってないようだな。アイツを見ていると、世界は実に不平等にできていると痛感させられるよ」

ため息を吐いた智史は、乃々香をチラリと見て言う。

「アイツが君と結婚したのは、親への嫌がらせかと思っていたが、そうじゃなかったようだな」

「……」

最初はそのとおりだったので少々気まずい。

乃々香がそっと眉尻を下げて申し訳なさそうな顔をすると、智史も微かに眉を下げる。

「すまない。君との結婚を反対しているわけじゃないんだ。ただ、結婚までの流れが流れだけに、色々邪推してしまった。……というか、アイツが面白半分に君を巻き込んだんじゃないかと心配していた」

幸せならよかったと、智史は息を吐く。

その表情は、最初の神経質そうな印象からかなり柔らかくなっていた。

享介からは智史について、『長男信仰の両親のもと、ひどく神経質で気難しい性格に育った』と聞かされたことがあったが、そこまで神経質にも気難しそうにも見えない。

無愛想ではあるが、どことなくこちらへの気遣いを感じる。

もしかしたら彼がひどく神経質なタイプに見えるのは、人を気遣うあまり、相手の反応に過敏になるからなのかもしれない。

そんなことを考えていると、智史が悪いことを言ってしまったという感じで口元を押さえて黙り込む。

そんな彼の表情を見て、乃々香は慌てて首を横に振る。

「そう思うのは当然だと思います。今日一日だけでも、色々なことを言われましたし」

それは仕方がないことだ。

会場の方に視線を向けると、智史がフッと息を吐くのを感じた。

「言いたい奴には言わせておけばいい。結婚相手を享介にした君の選択は正解だよ」

そう語る智史は、ひどく苦いものを口にしたような顔をしている。そしてそのままの表情で、諦めているように呟く。

「逆にアイツに見捨てられた我が家は、これから苦労するだろうな」

ため息を吐いて眉間(みけん)を揉む智史の表情に影があり、なにか大きな問題を抱えていて、八方塞がりといった感じだ。

「亨介さんは優しい人です。家族を見捨てたりしませんから、相談してみてはどうですか？」

乃々香の提案に、智史は肩をすくめた。

「どうだか」

そのまま彼はソファーに体を沈めるように背中を預けて、「アイツが長男だったらよかったのにな。そしたら誰も不幸にならなかった」と唸(うな)る。

「……？」

なにか奇妙な話を聞いた気がして、乃々香はまじまじと智史を見た。

そんな乃々香の視線を受けて、智史は気怠(けだる)げに体を起こして首を緩く左右に動かす。

「いや、やっぱりこのままでいいか。せっかく神様に愛されて生まれたんだ、アイツまで斜陽のＭＫメディカルに人生を捧げる必要はないし、自由に生きる方が似合っている」

――ああ……。

その言葉に、乃々香は納得した様子で頷く。

「やっぱり兄弟ですね。亨介さんとよく似ています」

思わずといった感じで呟き、自然と笑みが浮かんだ。

　こちらに視線を向けた智史が、怪訝そうに眉をひそめた。

「アイツと似てる、どこが？」

　痩せて一見神経質そうに見える智史と、自信に満ち溢れた様子の享介とは、確かに顔立ちも佇まいも全然似ていない。だけど乃々香の目には、不思議と二人の姿が重なって見える。

「不器用で優しいところが、享介さんとそっくりです」

「俺は優しくなんかない」

「でも、享介さんを再びＭＫメディカルに戻したくないんですよね」

　乃々香がそう確認すると、智史は気まずい表情で視線を逸らす。

　享介が長男でなくてよかったと話す智史の姿は、伯母の電話を受けた日、乃々香を抱きしめてその罵倒から守ってくれた享介の姿と重なる。

　一見すると享介を疎んじているようにも思える言葉だったが、角度を変えれば自由にしてやりたいと言っているようにも取れる。そう指摘する乃々香に、智史は面白くなさそうに息を吐いた。

　だけどその口端は微かに上がっていて、まんざらでもないようだ。

　その素直じゃないところが、つくづく享介とそっくりだ。

　乃々香がクスクス笑っていると、柱の陰から享介がひょっこりと顔を覗かせた。

「乃々香……ッ！」

仕事の話を終えて乃々香を探しに来たらしい享介が、死角にいた智史の存在に気付いて驚きの表情を見せた。

それは智史も同様で、突然現れた享介の姿に目を見開いて硬直している。

「お兄さんにご挨拶（あいさつ）してました。享介さんの話題で、盛り上がっていたんですよ」

「つまり、俺の悪口を聞かされていたのか」

微妙に緊張した空気を和（なご）ませようと、乃々香が明るく状況を説明する。それに軽い口調で返して、享介が空（あ）いていた席に腰を下ろした。

「兄貴もこのパーティーに？」

「ああ……」

「ならこんなところで休んでないで、中で話をしてきた方がいいんじゃないか？」

不機嫌そうな智史に、享介がからかい口調で言う。すると智史は、いよいようんざりした表情で言い返した。

「お前が新妻を紹介している場所で、兄の俺が彼女に初対面の挨拶（あいさつ）をしたらおかしいだろうが。ただでさえ、お前らの家柄だけ見て政略結婚だなんだと噂する奴もいる。その辺はお前がちゃんと考えてやれ」

智史は享介を嗜（たしな）めつつ、乃々香に視線を向ける。

つまり彼は、周囲から結婚の祝福を受けている乃々香が、自分と初対面の挨拶を交わすような状況にならないよう、ここで時間を潰してくれていたのだ。

その優しさを言葉にするのが屈辱といった様子で、智史は苛立たしげに享介を睨んでいる。

その態度がつくづく享介に似ているので、つい笑ってしまう。

そんな乃々香の隣で、しばしポカンとしていた享介もその意味を理解したのか、気まずそうに首筋を掻く。

「助かった。ありがとう」

「お前のためにしたんじゃない。彼女のためだ」

そう不機嫌に返す智史に乃々香がお礼を言うと、「別にお礼を催促したわけじゃない」と不機嫌に返された。

――もしかしてこれは、ツンデレというやつだろうか……

どうにも素直でない彼の言動に、そんなことを考えてしまう。

唇の端に力を込めて笑いを堪える乃々香の隣で、沈黙を持て余したように享介が口を開いた。

「会社はどうだ？　順調に回ってる？」

享介の問いかけに、智史はまた息を吐いた。

「お前がいなくなったのに、順調なわけがないだろ」

亨介は嫌味を言われたと思ったのか、肩をすくめる。

「俺がいない方が色々と気楽だろ。親父はいつも俺を持て余していたし、兄貴がいれば文句はないさ」

さばさばした様子で話す亨介の言葉に、智史は「全然わかってないな」とため息を吐く。

「お前がいてもいなくても、周囲の俺への評価は、病弱で神経質で頼りない『残念な長男』のままだ」

「そんなことは……」

「涼しい顔で嘘をつくな。……小さい頃から散々、多才な弟と比べられてきたのは俺だ。好き勝手に言う奴の中には、俺や社長に面と向かって『亨介君が長男ならよかったのに、残念ですね』と同情してくる奴もいた。そうした評価は簡単には覆らない。全部、俺が無能だから悪いんだ」

「バカなことを」

智史の言葉に亨介が怒りの表情を滲ませた。そんな亨介の表情をチラリと窺って、智史は不機嫌そうに続ける。

「口にするしないの差があるだけで、本音の部分では両親でさえそう思っているさ。その罪悪感と、健康に産んでやれなかった俺への哀れみで、過剰なまでに長男を尊重しろと騒いでいるだけだ。お前だってそれに気付いていたんだろ。だから俺に気を遣って、親の前では憎まれ役を演じてくれた」

「……」

智史のその言葉を、享介は否定することなく聞き流す。つまりは、そういうことなのだろう。

――享介さんらしい。

だからこそ、彼を正しく評価してもらえないことが少しだけ寂しい。

そんなことを思っていると、享介が皮肉たっぷりの表情で言い返す。

「親は間違いなく兄貴を一番に愛しているよ。あの縁談がいい証拠だ」

あの縁談とは、もちろん享介と莉緒の縁談のことだ。

そんな享介の言葉に、智史が呆れた顔を見せる。

「父さんたちだって、お前があの縁談を受け入れるなんて本気で思っていなかったさ。ただお前にあの縁談を断らせることで、それを口実に退職を諦めさせるつもりだったんだ。それなのにお前は勝手に結婚して、引き止める隙も与えず退職して……」

智史は乃々香をチラリと見て「彼女には悪いが」と前置きして続ける。

「父さんも母さんも、かなりショックを受けていたぞ」

智史の言葉に、享介はあっさり首を横に振る。

「そんなわけないだろ。だいたい、あの状況で縁談を断ったりしたら、木崎夫人を敵に回すことになるんだから、そんなことさせるはずがない」

「それは俺の手前、一度言った言葉を引っ込められなかっただけで、本当はそんなこと……」

亨介の言葉に智史は乃々香へ視線を移し、口元を手で覆う。

どこか気まずそうなその眼差しに、乃々香は自分への配慮がいる話なのだろうと理解する。

「教えてください」

覚悟を感じさせる乃々香の表情に、智史は一度は呑み込んだ言葉を渋々口にした。

「数年以内に木崎院長は第一線を退く予定だ。そして、その後を継ぐのは息子ではない。つまり、夫人の持つ権威も利権もあと数年でなくなるから、今だけ機嫌を取っておけば、後々怒らせたところで三國に害はないと考えていたんだよ」

「──っ！」

想定外の話に、乃々香は思わず息を呑む。

きつく両手を組み合わせる乃々香の手に、亨介がそっと自分の手を重ねてきた。

自然な様子で乃々香を気遣う亨介の動きに、視線を僅かに下げた智史が、自身の知り得ている情報を話して聞かせる。

「息子の盛隆氏も了承している。彼は遺産の相続なども含めて、全て放棄するそうだ。暴君と化した夫人を止められなかった代わりに、全ての権利を放棄することでその責任を取るつもりらしい」

智史の話では、伯母から縁談を持ちかけられた直後に伯父が享介の両親を訪ねてきて、『後継者の根回しが終わるまでは内密にしてほしい』と前置きした上で、その計画を話してくれたのだという。だから今後の会社運営を気にして無理に縁談を受ける必要はないと。

その話を聞いたからこそ、享介の両親は縁談を受けたのだという。

思ってもみない内情に、乃々香も享介も驚きを隠せない。

そんな二人を見て、智史は困ったものだと息を吐いた。

「父さんにとっては、お前を会社に引き止める画期的な策のつもりだったのさ。お前が独身主義だということは承知していたし、これまでも見合いは全部断ってきたから、今回も当然断ると思っていたんだ」

「なんて茶番だ」

若干の冷静さを取り戻した享介が呟く。

「父さんはお前を一番に頼りにしていたんだ。でも俺の手前、それを言葉にできなかった」

「……」

常に長男を立てる両親のことを、享介は『長男信仰』と呼んでいたし、次男という理由でずっと押さえつけられ、家の犠牲になって生きる筋合いはないとも言っていた。

しかしその態度の裏にそんな思いがあったなど、享介は知る由もなかったのだろう。

享介を見ると、彼は苦しげに下唇を噛んでいた。

「自業自得とはいえ、こんなくだらない茶番をお前に仕掛けたバチが当たって、父さんも苦労しているよ」

だから許してやれと、智史は苦く笑う。

「……どういうことだ？」

「お前が三國を見限ったという噂が広まり、社内で三國を経営から外すべきだという声が出始めている」

「は？　なんで……」

「業績不振に陥ったMKメディカルを短期間でV字回復させたのは、三國の力ではなく、享介の才覚だと誰もが知っているからな。結果的にそれを追い出す形になった俺たちは、MKメディカル内では悪者ってわけだ」

「……」

かなり驚いているのか、享介の顔から表情が抜け落ちている。

「お膳立てしてくれたお前や肩入れしてくれた両親には悪いが、長男は後継者としては頼りなく、統率力がない――その言葉を否定して覆すだけの実力が、俺にはない」

「兄貴……」

ため息まじりに話す智史は、外に視線を向けたまま詫びる。

「俺が三國家の長男で、色々悪かったな」

その言葉に享介は苦しげに眉を寄せた。

智史も享介同様、素直じゃない性格のようなので、これは彼なりの最大限の謝罪なのだろう。

兄の言葉に隠された思いを察した享介が、奥歯を強く噛み締めている。

「……俺としては、お前が幸せな結婚をしていることが救いだ」

智史のささやかな呟きが、微かに流れるピアノの音色に溶けていく。

乃々香としては、伯父の決断も、享介たちの置かれている状況も、全てがどうにももどかしい。

奥歯を噛み締めて黙り込む享介の手に、乃々香は自分の手を重ねる。

その動きに応えるようにこちらに視線を向けた享介は、強気で生きる力に溢れたいつもの表情で口角を持ち上げる。

彼のその表情を見ただけで、乃々香の胸には希望が湧いてくるから不思議だ。

大丈夫――そう告げるように小さく顎を動かした享介は、智史へ視線を向ける。

「なあ兄貴、俺と取引をしないか？」

「……？」

「俺に協力してくれるなら、ＭＫメディカルの混乱を収め、兄貴の評判を覆すことに手を貸すが、どうする？」

「せっかく自由になったんだ。これ以上、三國やＭＫメディカルに関わる必要はない」

やんわりと申し出を断る智史を、享介は「自惚れるな」と突き放す。

「いい加減、その甘えた思考回路を捨てろ。自分が三十も半ばを過ぎたおっさんだという自覚を持て。俺はそこまで優しくないし、誰がなんと言おうと三國家の長男はアンタだ。病弱で残念な後継者と憐れまれるのが嫌なら、現状を嘆いてないで死に物狂いで動いてみろよ」

素直じゃない言葉で智史を鼓舞した享介はニヤリと笑い、「お兄ちゃんなら、可愛い弟のお願いを聞いてくれ」とふんぞり返って要求する。

その姿に智史が思わずといった感じで笑った。

「結局は、お前のワガママに付き合わされるってことだろ」

「まあな。俺はどこまでも利己的な人間なんだ。だから同情なんかで自分の人生を消費したりしない。俺が兄貴を助けるなら、それはそれだけの価値が兄貴にあるからだ」

そう言われてもどこか納得のいかない顔をする智史に、享介が言葉を重ねる。

「それに尊敬できない人間のために、大事なものを譲ったりもしない……。なんてな」

最後は茶化す享介だが、視線では「貴方にはその価値がある」と語っている。

「……相変わらず可愛げのない弟だ」

智史がなにか吹っ切れた様子でため息を吐く。

「今なら和解特典として、可愛い義理の妹がついてくるぞ」

そう話した享介が誇らしげに胸を張り、乃々香へ視線を向ける。

それにつられて智史も乃々香に視線を向け、悪くないといった感じで肩をすくめて笑った。

乃々香は今さらながら、智史はもう自分の家族なのだと気付いた。

「……っ」

うまく言葉にできない温かな思いが、胸に込み上げてくる。

その感情に後押しされたように乃々香がペコリと頭を下げた。その隣で享介が両腕を広げて、智史にからかうような笑みを向けた。

「和解の記念に抱き合っておくか？」

「バカか」

智史はくだらないと息を吐き、前髪を掻き上げる。

二人の間に、ここで顔を合わせた時の張り詰めた空気はない。

兄弟のやり取りを微笑ましい思いで眺めていると、それに気付いた享介と智史が、気まずそうな表情でそっぽを向いた。

だが、その動きがまったく同じだったことに気付いて、二人揃って心底嫌そうに口角を下げる。

必要以上に歩み寄ることを拒む癖に、それでいて気心の知れた親しさがある。兄弟というのは、そういうものなのだろうと乃々香は笑う。

乃々香のクスクス笑いが収まるのを待って、智史が表情を引き締めて享介に尋ねる。

「それで、なにをするつもりだ」

その問いに、享介が一瞬だけ乃々香に視線を向けた。

自分を気にする享介の動きになにかを察した乃々香は、姿勢を正して彼に言う。

「私にできることがあるなら、なんでも言ってください」

夫婦なのだから、変に気遣うことなくお互いを利用すればいいのだ。

享介の目を見れば、彼が自分に強い信頼を寄せているのが伝わってくる。

しばし考えを纏めていた享介は、乃々香と智史を交互に見て言った。

「まずはこちらの人脈を広げたい。そのために兄貴には準備してほしいものがある。そして乃々香には人を紹介してもらいたい」

そう前置きして、享介は意外な人の名前を口にした。

パーティーで兄の智史と偶然再会してから一週間。

決戦の場である都内のホテルに到着した享介は、タクシーを降りると、気合を入れるべく前髪を掻き上げて睨むように眼前の建物を見上げた。

でもすぐに表情を和らげ、自分に続いてタクシーを降りる乃々香に手を差し出す。

白をベースとした清楚な花柄のワンピースを身に纏う彼女の華奢な左手薬指には、ダイヤの指輪が嵌められている。

透明度の高い大粒のダイヤを中心にあしらい、それを小粒のダイヤが囲むデザインは、結婚指輪というより婚約指輪の意味合いが強い。

「行こう」

ほんの一瞬、乃々香の指に嵌まる輝きに心を癒された享介は、彼女の手を引いて歩きだす。

ロビーに入ってすぐ、こちらに気付いて立ち上がった人影が二つ見え繋いでいた手を離した。

そんな二人に歩み寄ってくるのは、兄の智史と乃々香の従兄である木崎拓実だ。

「拓実さん、無理させてごめんなさい」

今日のために、拓実が勤務スケジュールを変更したことを知っている乃々香は、まずそのことを詫びる。だが拓実は少しも気にする様子はない、という感じで手をひらひらと揺らした。

「家族の問題だからね」

だからお互い気兼ねする必要はないと、皆に視線を巡(めぐ)らせる。

確かにそうだ。

自分と乃々香が家族になったことで、拓実と智史にも繋がりができた。

そして拓実は、スーツのポケットから取り出したホテルのカードキーを享介に差し出す。

享介は深く頷き、それを受け取って乃々香に視線を向ける。

「ではとりあえず、木崎家の問題から片付けるとするか」

享介は顎(あご)を軽く上げて、移動を促(うなが)す。

タイミングよく到着したエレベーターに乗り込んだ享介は、自分のかたわらに立つ智史の横顔を窺い見た。

子供の頃から、自分は兄に嫌われていると思っていた。

だから退職を希望する自分の背中を押しているのだと思っていたのに、まさかそれが自分を思ってのことだとは考えてもみなかった。

両親にしたって、年齢の序列を重んじ、次男は家や兄のために生きろと言っているのだとばかり思っていた。

そんな家族の真意を知ろうともせず、自分は『長男信仰』と小バカにして彼らを切り捨てようとしていたのに。

「……」

享介の視線に気付いた智史が、「なんだ?」と不愛想に問いかけてくるので、享介はそっと笑って首を横に振る。

それで智史も興味をなくしたように、肩を軽く揺らして視線を逸らす。

お互い、いい年をした大人の男だ。

今さら本気で抱き合って兄弟の絆(きずな)を再確認しようなんて思わないが、それでもこうして智史と友好的な関係を築けたことを思うと、温かな感情が胸に湧き上がってくる。

家族がいなくても困らないと決めつけていた自分には、生涯知ることのなかった温もりだ。

だからこそ、この喜びを与えてくれた乃々香に同じ幸せを返してやりたい。

控えめなベルの音が響き、指定の階に到着したことを告げる。

享介は一度離した乃々香の手を握り直した。先に降りる智史と拓実に続きながら、自分を見上げてくる乃々香に告げる。

「君の権利を取り戻そう。乃々香が大事に思うものは、なに一つ手放す必要はない」

そのためならなんでもする。

手を引く自分に、乃々香は迷うことなくついてきてくれる。

だからこそ、その信頼を裏切ることはしない、と気持ちを新たに享介はエレベーターを降りた。

そこは、レストランなどのテナントが入っているフロアの一つ下の階で、客室として使用されているフロアの最上階にあたる。

享介は乃々香と繋いでいた手を解いて、拓実たちに目配せをすると、廊下の突き当たりにあるスイートルームに向かった。


ノックもせずに四人でスイートルームのリビングに入ると、扉の開く気配に、その場にいた人たちの視線が集まる。広々としたリビングに分けて配置されている応接セットの中でも、一際存在感のあるソファーでくつろいでいた年配の女性が、こちらの姿を確認して勢いよく立ち上がった。

「拓実っ！　これはどういうことなの？」

ヒステリックな声を上げるのは、木崎夫人だ。

木崎夫人が叫ぶと、その声に触発されたように、彼女の隣にいた莉緒も騒ぎ出す。

「そうよ。お兄様が紹介したい人がいるって言うから、おじい様やお父様も忙しい中わざわざ出向いたっていうのに」

とんでもない裏切りを受けたと木崎夫人と莉緒が金切り声で騒ぐ。

二人と離れたソファーに腰を下ろしていた男性二人は、その声にうんざりした様子で顔を顰める。二人のうち一人は乃々香の伯父である盛隆氏で、もう一人の痩せた白髪の男性は祖父の木崎院長だ。

「お兄様、聞いてるの？」

返答の間を与えない勢いで騒いでいた莉緒がそう吠えると、うんざりした感じでため息を吐き、拓実が口を開いた。

「僕が父さんたちに紹介したかったのは、こちらの三國亨介さんだよ」

拓実の紹介を受けて亨介は改めて頭を下げ、そのついでといった感じで兄の智史も紹介しておく。

「なにそれっ！」

莉緒はひどく感情的な声を上げるが、拓実はそれを無視して盛隆氏たちが腰掛けているソファーの方へ足を進め、そのまま近くのスツールに腰を下ろす。亨介と乃々香と智史にはソファーに座るよう勧めたが、智史は手の動きでそれを断り、二人の背後に控える。

自分が任されている役目はこの後と承知している智史は、木崎家との話し合いの場では一歩下がって傍観者に徹するつもりらしい。

それでもこの場に同席したのは、享介や乃々香になにかあれば、身内として手を貸したいという意思表示なのだろう。

ソファーに座りながらチラリと乃々香の様子を窺うと、久しぶりに祖父や伯父に会えたというのに緊張して硬くなっている。

その原因は、もちろん伯母と従姉だ。

享介としては、本当は乃々香をこの場所に連れてきたくはなかった。全てを終えてから、改めて祖父たちとの面会の場所を設けたかったのだが、そんなことをすればきっと乃々香は怒っただろう。

依存するくらいもっと自分に甘えてほしいと思う反面、人生の舵取りを簡単に手放したりしない彼女だからこそ、ここまで愛おしいのだとわかっている。

享介は一度背筋を伸ばして姿勢を整えてから、テーブルを挟んだ向かいに腰掛ける二人へ頭を下げた。

「挨拶が遅くなりましたが、乃々香さんと結婚させていただいた三國享介と申します」

享介がそう挨拶をすると、向かいに座る二人も居住まいを正して深く頭を下げる。

「こちらこそ考えが回らず、挨拶の場を設けることなく今日まで来てしまい、申し訳なかった」

　そう言って再度頭を下げる院長が「孫を……」と言いかけた声を、莉緒の金切り声が遮った。

「おじい様、その人は私のものだったのよ！　それを乃々香が盗んだのに、こんな結婚、認めていいわけないでしょっ！　だいたいお兄様も、なんでこんな女の肩を持つの？　バカじゃないの？」

　離れた場所の応接セットに陣取っていた莉緒は、勢いよく立ち上がって拓実に詰め寄ると、享介と乃々香を指差して騒ぐ。

　莉緒の口調は高圧的で、年長者を敬う意思が感じられない。それどころか、声や視線には拓実を見下している感じがある。

　そんな莉緒の言葉を、乃々香の凛とした声が遮った。

「前にも言ったけど、誰も誰かのものじゃない。たとえ家族でも、相手の気持ちを所有したり支配したりすることなんてできないんだから。相手を敬う気持ちが持てなければ離れていくよ」

　それは夫婦間における話だけではなく、親子間や兄弟間でも言えることだ。

　莉緒に向ける拓実の冷ややかな視線が、雄弁にそれを物語っている。

　乃々香の言葉に莉緒は悔しそうに歯軋りして、母親に助けを求めた。

その視線を受けて、木崎夫人は煩わしげに首を振る。

「乃々香、これはどういうことかしら？　貴女には、貴女の程度に見合った夫を用意しておいたはずよ」

「食事会の日にもお伝えしましたが、自分の夫は自分で決めます。私の人生をどうするかは私の自由ですから」

あからさまに自分を見下す夫人に、乃々香は毅然と言い返す。

これまでとは違う乃々香の態度に、木崎夫人は苛立たしげに唇を噛む。

「一応の報告ですが、夫人が妻の夫候補として挙げていた男性には、私の方から彼女との結婚を報告させていただきました。その際確認したところ、彼女との縁談を希望していたのは事実だが、話を通してくれるといった夫人に随分謝礼金を払ったのに、見合いの場も設けてもらえなかったと憤慨されていましたよ」

夫人が乃々香の結婚相手として名前を上げた男性は、人格に問題はあるが、かなりの資産家である。それに女性に金を惜しまないタイプだ。だから乃々香を貶めることに情熱を注ぐ夫人としては、結婚することで乃々香が裕福になるのを面白くないと考え、話を保留にしていたのだろう。

それでも完全に断らなかったのは、相手が払う謝礼金目的か、素行の悪い男に嫁がせるのも嫌がらせとして面白いと思ったからか……

それを食事会で、さも縁談が纏まっているかのような話し方をしたのは、その場の勢いだったのだろう。

なんにせよ、相手は享介と揉めてまで、すでに既婚者となった乃々香との関係をどうこうしたいとは思わないとのことだった。ただし、かなりの金額の謝礼を求めておいて、見合いの場さえ設けなかった夫人にはなにかしらの対応を考えているようだった。

享介のそんな話に、木崎夫人へ視線が集まる。

周囲の視線を受けても、木崎夫人は「だからなに」とふてくされた態度で享介を睨む。だが相手を威圧する享介の厳しい視線を正面から受けると、すぐに視線を逸らし、標的を智史に変える。

「木崎に恥をかかせて、ただで済むとお思い？　今後の会社のためにも、三國の家の恥は、きちんとそちらで責任を取っていただけないかしら？」

遠回しに圧力をかけようとする木崎夫人に、智史はなにを言われているかわからないと首を動かす。

「享介はなに一つ間違ったことを言っていませんし、この結婚も両家が認めている。なによりコイツは私の自慢の弟です。三國が享介を恥と思うことは、なに一つありませんよ」

その言葉に、木崎夫人が小さく舌打ちをする。

「母さん、これ以上恥を晒すのはやめておきなよ」

次は誰を標的にしようかと視線を巡らせていた夫人に、拓実が冷めた声をかける。

その瞬間、夫人の目が自分の息子を標的に定めた。

「恥ずかしいのは貴方よ！　拓実、なんの嫌がらせか知らないけど、いい年してバカなことはやめてちょうだい。私も莉緒も色々と忙しいんだから」

そう話す夫人は、側に置いていたバッグからスマホを取り出す。そこになにかいいものを見つけたのか、グロスに濡れた唇に笑みを作る。

「拓実がこんなことをしたのは、あなたが父親としてしっかりしていないからよ。とにかくその結婚、義父様やあなたが責任を持ってどうにかしてくださいね」

スマホから顔を上げた夫人が、他人事のように言う。

その発言は、この場にいる誰の感情とも向き合っていないものだ。

莉緒同様、木崎夫人も、夫や義理の父親に向ける言動はひどく冷淡である。そしてそれは、実の息子に対しても変わらない。

その場にいる誰もが返事をせずにいると、夫人は煩わしげに立ち上がった。

「付き合いきれないわ。私は、人に会う約束があるので帰ります」

「待ち合わせの相手は、藤井氏ですか？」

すかさず返された享介の言葉に、木崎夫人と莉緒の表情が強張った。

「藤井……？」

聞き覚えのない名前だったのだろう、盛隆氏が怪訝な顔をする。そんな父親に拓実が情報を捕捉した。

「僕が子供の頃にお世話になっていた、バイオリンの先生です」

その言葉に記憶を巡らせ、盛隆氏はなんとなく思い出したといった感じで頷いたが、今さらそれがどうかしたのかと言いたげに首をかしげた。

拓実の話によれば、彼がバイオリンの教室に通っていたのは一ヶ月程度だったらしいので、その反応は当然だろう。

「当時は音大の学生でしたが、今は夫人の援助で生活を送りながら、形ばかりの音楽活動をされています」

「……」

亨介の言葉に、夫人は中途半端に浮かせていた腰をソファーに戻す。

「お母様っ！」

狼狽えた様子でソファーに崩れ落ちた母親に、莉緒が駆け寄っていく。

亨介はそんな母子の姿に冷めた視線を送りながら続ける。

「拓実さんの習い事はすぐに終わりましたが、夫人と藤井氏との関係は、三十年近くにわたり続いています」

「……お前」

盛隆氏は驚いた様子で目を見開き、夫人を見やる。

ひどく衝撃受けているようではあるが、享介としては、「なにを今さら」と内心呆れるだけだ。そんな彼の隣で、拓実がピシャリと言い放つ。

「交際の期間や相手の名前は別として、あれだけ外泊や浪費を繰り返していて気付いてなかったわけないでしょ。問題と向き合うのが面倒で仕事に逃げて、家庭がおかしなことになっていったのに、今さら被害者面するのはおかしいですよ」

拓実の言葉に盛隆氏は気まずそうに視線を落としたが、夫人はカッと目を見開いて拓実を睨む。

「お前まで変なこと言いだすんじゃないのっ！　どこに証拠があるのよっ！」

その声はひどく攻撃的で、息子に対する愛情などないように感じられた。

拓実としてもその扱いには慣れているのか、表情を変えることもない。

感情的になる木崎夫人に構うことなく、享介は興信所を雇って調べさせた木崎夫人の身辺調査に関する書類をテーブルに広げる。

日々の行動調査に加え、腕を絡めながら男性とホテルの部屋に入る様子や、手を繋いで洒落た街で買い物を楽しむ姿などの写真が添えられている。

夫人の素行を調べたことで、乃々香の両親が彼女に残した遺産がどこに消えたのかも、おおよその想像はついた。

亨介が提示した写真や書類に目を通す盛隆氏の眉間に深い皺が刻まれていく。それと共に、目の奥に怒りの炎が揺らぎ始めた。

散々目を逸らしてきた問題も、目の当たりにすれば、不快な感情が湧き上がるのを抑えられないようだ。

夫の怒りを感じ取った木崎夫人が身を小さくする。

さすがにここまですれば、盛隆氏も現実から目を逸らすことはないだろうが、亨介としてもこれで終わりにするつもりはない。

「ちなみにこちらの藤井氏ですが、普段は年下の恋人と半同棲状態で暮らしています。近く結婚するみたいですよ」

「――なんですってっ！」

亨介の報告に、木崎夫人が衝撃を受けた表情を見せる。

自分は夫の金で男を囲い、長年にわたって不貞を働いていたくせに、相手に裏切られることは許せないらしい。

そんな妻の反応に盛隆氏が嫌悪の表情を深めていくが、夫人にとっては恋人の裏切りの方が大きな問題なのだろう。唇を震わせて「ひどい」と呟く。

その声に同調するように「パパ、ひどい……」と莉緒が呟いたことで、皆の視線がそちらへ集中する。

視線を向けられたことで自分の失言に気付いた莉緒が慌てて口を押さえるが、そんなことをしても一度出た言葉を取り消すことはできない。

するると、拓実がやっぱりといった感じで首を振る。

「お前は覚えていないかもしれないけど、子供の頃、太り気味の僕と違って自分が痩せているのは、親の出来が違うからだと自慢していた。その時は子供の言っていることだから気にしていなかったけど、ずっとその可能性は考えていたよ」

拓実の言葉に、夫人は一瞬だけ娘を睨んだ。

そんな愚かな母子のやり取りを眺めていた盛隆氏が、肺の奥から重く淀んだものを吐き出すようにして言う。

「お前とは離婚する。これまでのことも、きちんと調べた上で法的な手続きを取らせてもらう」

交渉の余地を感じさせない夫の声に、夫人の手からスマホが転げ落ちる。

「そんなっ、あなた……」

夫人が慌てて縋るような視線を向けるが、盛隆氏はそれには答えない。

「後は弁護士を通して連絡する。近日中に莉緒と一緒に家から出ていってくれ」

「人を好きになるって、簡単に割り切れるものじゃないでしょ！　パパには私たちを養うだけのお金がなかったんだから、仕方ないじゃない」

莉緒は母を擁護するが、その言葉は享介の失笑を誘うだけだった。

娘の父親が他の男と承知した上で、母娘二人で木崎の財産を食い散らかしておいてなにを言うのだか。

冷めた周囲の空気に、莉緒もやっと状況を把握したのか、真っ青になってノロノロと床に落ちた夫人のスマホを拾い上げる。

娘にスマホを握らせてもらった夫人は、どこかに交渉の糸口はないだろうかと視線を巡らせ、ずっと黙り込んでことの成り行きを見守っていた木崎院長に目を止めた。

その視線を感じ取った木崎院長が口を開く。

「和奏さんは、看護師免許以外になにか資格は持っていたか？」

「いえ……？」

唐突な問いかけの意味が理解できない夫人が首を横に振る。

すると院長は、それは気の毒とばかりに息を吐く。

「今後、医療機関で働くことは諦めなさい。木崎総合病院を敵に回したのだから、当然のことだ。ただでさえ復職するにはブランクがあるのに、これから先、そんな浪費しか知らない娘とどうやって生きていくか、二人でよく話し合うといい」

木崎院長は静かな声でそう告げると、二人に部屋から出ていくよう合図する。その顔には静かな怒りが浮かんでいた。

穏健派として知られてきた院長の怒りの表情など、今まで見たことがなかったのだろう。夫人と莉緒は蒼白な顔でよろよろと立ち上がると、互いに支え合うようにして部屋を出ていった。

扉が開閉する音が聞こえ、二人が出ていったことを気配で確認して、最初に口を開いたのは乃々香だった。

「伯父様……」

気遣わしげな声で呼びかけられ、盛隆氏は乃々香に深く頭を下げた。

「乃々香、今まで悪かった。これまでの謝罪の意味も込めて私は……」

そのまま床に崩れ落ちてしまうではないかと心配になるほど深く頭を下げる伯父の言葉を遮るように、乃々香が声をかける。

「伯父様がしようとしている決断は、本当にあの人たちのために支払うべきものだと思いますか？」

その言葉にハッとして顔を上げた盛隆氏は、自分の向かいに腰掛ける乃々香を見て、迷うような顔をした。

そんな伯父の目を真っ直ぐに見つめて、乃々香は告げる。

「母にとって、おじい様と伯父様は自慢の家族で、二人の仕事を心から尊敬していました。だから途中で投げ出すような終わり方をしないでください」

乃々香のその言葉に、盛隆氏だけでなく、院長も目が覚めたような表情をした。

そんな二人の顔を見て、拓実が口を開く。

「父さんに、あの人が腐らせてしまった今の体制を立て直すつもりがあるなら、僕も手伝うよ」

拓実のその申し出に、盛隆氏が覚悟を決めたように頷く。

その姿に、乃々香が感慨深い息を漏らした。

「三國さん」

盛隆氏が享介へ視線を移す。

「はい」

容赦無く相手を射抜く享介の眼差しに臆することなく、盛隆氏はその目を真っ直ぐに見つめ返した。

「私たちが至らなかったために、乃々香には家庭の温もりというものを教えてやれなかった。どうか貴方の手で、この子にそれを教えてやってください」

「約束します」

深く頭を下げる盛隆氏の言葉に、享介はしっかり頷いた。

その隣で同じように祖父が頭を下げる姿に、乃々香は目を潤ませる。

チラリと拓実に視線を向けると肩をすくめられたので、享介もそうしておく。

――最初は、俺が彼女を幸せにすればいいと思っていたんだけどな……

三國家に結婚を反対される筋合いはないし、これ以上、木崎夫人や莉緒にも好き勝手はさせない。家庭で肩身の狭い思いをしている乃々香をずっと見て見ぬ振りをしてきた彼女の祖父や伯父には、彼女の人生に関わらせないと決めていた。

結婚を機にこれまでのしがらみ全てを断ち切って、二人で明るい人生を歩んでいけばいいと考えていたが、それは間違っていた。

パーティー会場で、無意識に祖父や伯父の姿を探す乃々香の姿を見て、早くに両親をなくした乃々香にとって家族との繋がりは特別なのだと気付かされた。

木崎の人間に思うところはあっても、乃々香を誰よりも幸せにすると誓った自分が、彼女からそれを取り上げていいはずがない。

なにより自分は、乃々香が求めるものは全て与えないと気が済まないのだから。

そもそも享介だって、思うところはあっても自分の家族をそれなりに愛していて、その縁をなかなか切れなかったのだから、家族とはそういうものなのだろう。

そんなことを思い、微笑ましい気持ちで乃々香の横顔を見守っていると、背後に控えてことの成り行きを見守っていた智史が、自分の腕時計を見せて言う。

「木崎の家の問題はこれでいいとして、三國の家の問題はどうする？」

投げかけられたその言葉で、まだ問題の半分しか解決していなかったことを思い出した。

享介は軽く手を打ち鳴らし、その場にいる皆の視線を自分へ集めさせた。

「これから両家の挨拶を兼ねた食事会を始めたいのですが、ご参加いただけますか？」

享介の誘いを、木崎夫人と莉緒という障害がなくなった今、他の家族が断るはずもない。

もとより拓実は、木崎夫人に引導を渡した後、今後のMKメディカルを担う智史と共に木崎総合病院の立て直しについて話し合うつもりでいた。

そして木崎総合病院の立て直しに協力して信頼を得ていく過程で、MKメディカル内にも智史の存在感を示すこともできる。

それだけの手土産を携えたこの食事会で、享介は自分の両親に乃々香との結婚をきちんと認めさせるつもりだった。

そのために智史と拓実を家に招いて、今後のビジネスプランを立ててきた。

とはいえ、そんな小細工をしなくても、智史が乃々香を受け入れて結婚を祝福してくれているので、事はスムーズに運ぶと思うが。

そのまま全員で下の階のレストランに移動しようとした享介を、智史が止める。

「お前は、後からでいいよ」

そう声をかけてきた智史が、自分の目の下を指で叩いてから乃々香を指差す。

まだ乃々香の目が潤んでいるので、それが落ち着いてから来ればいいと言いたいらしい。

　享介はその気遣いに素直に礼を言う。

「享介さん……」

　二人きりになった途端、乃々香が抱きついて胸に顔を埋めてきた。

「ありがとうございました」

「俺の方こそありがとう。乃々香の存在が、俺の世界を明るくしてくれる」

　別に自分の立っている場所が変わったわけじゃない。

　ただ、乃々香が享介の世界を明るく照らしてくれたおかげで、今まで見えなかったたくさんのことに気付けたのだ。

　最初は気楽に生きるための契約結婚だったのに、気が付けば切り捨てたはずの実家との繋がりが回復している上に、新たに木崎家との付き合いも生まれた。

　その全てを好ましく思えるのは、自分の隣に乃々香がいるからだ。

「乃々香と出会えてよかった」

　彼女と出会えた人生に心の底から感謝して、その幸福を確かめるように乃々香を強く抱きしめる。

　そして彼女の顎を持ち上げて、そのまま唇を重ねた。

「……」

重ねた唇の動きで、彼女が自分の名前を呼んだのがわかった。

――この人の幸せを守りたい。

無条件にそう思える人と共に生きる世界は、どれほど光り輝いたものになっていくことか。

しかもその美しい世界を、乃々香と一緒に歩んでいける。

もっと言うのであれば、二人きりで歩んでいくわけでもない。

「行こう。俺たちの結婚を祝福してくれる人たちが待っているよ」

享介がそう言って手を引くと、乃々香は大輪の花が綻ぶような笑顔を見せて手を握り返してくれた。

白く華奢なこの手を引いて生きていくからこそ、正しい道を進んでいかなくてはいけないと、享介は心に刻んだ。

ふわふわした意識の中、なにか聞こえた気がして、ソファーの手すりに身を預けていた乃々香は顔を上げた。
重い瞼を擦りながら周囲を確認して、自分が見慣れない部屋にいることに驚く。慌て

て周囲に視線を巡らせると、浴衣姿の享介が冷蔵庫から飲み物を取り出しているのが見えた。

その姿を見て、両家の食事会の後、そのままホテルに泊まったことを思い出す。

今日はここに泊まり、明日は二人で、乃々香の両親の墓参りをするために父の実家がある北陸に向かう予定である。

どうやら湯上がりに一息ついていたら、いつの間にかうたた寝をしていたらしい。

さっき夢現に聞こえた音は、享介が冷蔵庫のドアを開閉した音だったようだ。

「ごめん。起こした？」

ミネラルウォーターのペットボトルを手に、こちらへやってくる享介が聞く。

「ちょっと、うとうとしていました」

享介同様、ホテルの浴衣を着た乃々香は、かたわらにあったクッションを抱き寄せ、それに顎を乗せて返事をした。

海外からの観光客のウケを狙ったこのホテルは、和のテイストを取り入れつつも近代的なデザインの洋室となっている。

「疲れた？」

「いいえ」

そう返すが、頭はまだ完全には覚醒しきっておらず、さっきまでの賑やかな時間の残滓が鼓膜の奥に残っているような気がする。

顔を合わせるまではかなり緊張していたが、享介の両親は驚くほどあっさり三國家の嫁として乃々香を受け入れてくれた。

そこには、義兄となった智史が享介と和解して、乃々香を受け入れてくれたことが、かなり影響していたと思う。

乃々香や木崎家の人々を会話の間に挟むことで享介とも会話も弾み、そこに険悪な雰囲気は感じられなかった。

智史の言葉どおり、享介の両親は長男を気遣うあまり感情が空回りしていただけで、享介のことを疎んじていたのではないのだろう。

そんな穏やかな食事会の中で、伯父が正式に木崎総合病院の次期院長になったことや、それをサポートするために息子の拓実が病院に戻ることなども報告された。

そして病院の体制の立て直しを図る伯父たちが業者の刷新も考えており、そのことがＭＫメディカルにもプラスに働くと知った享介の両親たちも喜んでいた。

帰り際に、祖父や伯父が、享介を連れていつでも家に帰っておいでと言ってくれたことも、乃々香としては嬉しい出来事だった。

木崎の家は今も、自分が帰っていい場所なのだとわかった。

享介が乃々香の隣に腰を下ろすと、ソファーが微かにたわみ、体が自然と彼の方に傾いていく。

そうして傾いた乃々香の肩を享介が抱き寄せる。

「ＭＫメディカルに戻ることになってよかったんですか？」

享介は、今回の件の協力を智史に頼む代わりに、ＭＫメディカルでの兄の足場固めの手助けをすると約束していた。そこにはまだ享介の助力が必要とのことで、兄弟の付き合いは公私共に、これからどんどん深まっていくようだ。

もともとはＭＫメディカルを辞めるために乃々香と契約結婚をしたのに、結局はＭＫメディカルに戻ることになってしまった。

自分が彼の仕事を増やしてしまったような気がして、なんだか申し訳なくなる。

思わず眉尻を下げる乃々香の頬を、享介は優しい手つきで摘まむ。

「ふぁっ」

乃々香の頬の弾力を楽しむように、ぷにぷにと摘まみながら享介は言う。

「ＭＫメディカルに戻るわけじゃない。しばらくの間、外部アドバイザーとして兄貴のフォローをするだけだ」

享介は表に出ることなく、自分の持つ人脈を利用して情報収集をし、智史に助言しつつその活躍の場を増やしていく。それで、自然と周囲が智史をＭＫメディカルの後継者と認知していくようにするのだという。

グリーンサーフネットワークの経営もある享介の負担を、乃々香はついあれこれ心配してしまうが、本人はご機嫌な様子で続ける。

「俺は自分の欲望に忠実な男だ。俺がＭＫメディカルを辞めたのは、そこに自分の居場所はないと思っていたからだ。でもそこに自分の居場所があって、それを手放したくないと思ったから、取りに帰るだけだよ」

そう語った享介に、無理をしている印象はない。むしろ表情を見れば、彼にとって悪い話ではないのだとわかる。

「……よかった」

頬を摘まれた乃々香が表情を綻ばせる。同じように表情を綻ばせた享介は、摘まんでいた指を離して乃々香の頬に添える。

「あの家にも俺の居場所があると、乃々香が教えてくれたんだ。それに、今の兄貴に俺の助けはそれほど必要じゃないさ」

その言葉に微笑んだ乃々香は、摘まれていた方とは逆の頬をクッションに預ける。

そのままクッションに鼻先を埋めて瞼を伏せた。

たゆたうような心地よさに身を任せていると、不意にクッションを取り上げられてしまった。

「――っ」

驚いて顔を上げると、こちらを覗き込む享介と目が合った。

「甘えるならこっちじゃない？」

クッションを床に落とした享介が、乃々香に向かって腕を広げる。

つまり、自分に甘えろということらしい。

「そうですね」

クスリと笑った乃々香は、そのままその広い胸に甘える。すぐに両腕で強く抱きしめられ、ひょいと膝の上に横向きに抱き抱えられた。

享介は乃々香の髪を優しく撫で、首筋に口付けてくる。

薄い肌に彼の唇が触れると、それだけで乃々香の腰に痺（しび）れるような感覚が走った。その間も享介は、首筋に触れさせた唇で柔肌を撫でたり、耳朶（じだ）を甘噛みしたりしてくる。

そうやってしばし乃々香の肌を刺激していた享介は、垂らしていた乃々香の髪を一房掬（すく）い上げてその毛先に口付けた。

「乃々香の全てを愛している」

そう告げて髪に顔を寄せた享介は、悪戯（いたずら）心が芽生えたのか、髪の先で乃々香の頬や首筋をくすぐってくる。

「くすぐったいです」

乃々香が首をすくめても、享介は構わずその肌をくすぐっていく。

頬や首筋、耳の裏といった敏感な場所を刺激され、乃々香がクスクス笑いながら身を捩(よじ)れば、自然と彼の胸に体を密着させる形になる。

頬に感じる力強い鼓動や自分を支える逞(たくま)しい腕も、生きるエネルギーに溢(あふ)れている。

そんな彼になら、自分の人生を全て預けても大丈夫なのだという安心感が胸を満たしていった。

「どれだけ愛しても愛し足りない」

愛おしさを滲(にじ)ませた彼の甘い声が、乃々香の心に染み込んでいく。

享介はその言葉のとおり、受け止めきれないほどの愛情を乃々香に捧げてくれるだろう。だから自分も、彼にもらう以上の愛情を返していきたい。

「乃々香」

そんな想いに意識を囚(とら)われていた乃々香の名前を、享介が呼ぶ。

彼の目を見つめると、自分の胸に湧き上がった想いが正しいものだと理解する。

「享介さん……」

想いを込めて名前を呼ぶと、享介が唇を重ねてきた。

唇に最愛の人を感じて、乃々香は溢(あふ)れる想いのまま彼に告げる。

「享介さんの子供が欲しいです」

乃々香の言葉に、享介が微かに驚く。

顔を浮かせ、そんな彼の目を見つめて乃々香が言う。

「二人の子供をたくさん愛して、一緒に育てていきたいです」

お願いというより、宣言に近い乃々香の言葉に、亨介は目尻に皺（しわ）を寄せて表情を蕩（とろ）けさせていく。

「うん。俺も」

そう返した亨介の目が、自分と同じ未来を想像しているのだとわかる。

互いの想いが、同じ未来に向かっていることが素直に嬉しい。

「亨介さん」

そっと名前を呼ぶと、亨介の眼差しに、先ほどまでの穏やかなものとは異なる熱を感じる。

「乃々香、愛してる」

愛情を凝縮したような声で名前を呼ばれ、乃々香の心に熱い火が灯（とも）る。

――この人が愛おしくてしょうがない。

「亨介さん」

名前を呼び合うだけで、愛情の深さがわかる。

それはこの愛が本物だからだ。

以前から面識があったとはいえ、ほんの数ヶ月前までは互いの存在を強く意識するような関係ではなかった。

それなのに今は、彼のいない人生なんて想像することもできないのだから、人生は本当に不思議なものだと思う。

彼の首に腕を絡めて引き寄せれば、享介はその誘いに応じるように唇を重ねてくる。

唇を重ねたまま、彼女の顎(あご)に指を添えて唇を開かせ、薄く開いたそこから自分の舌を侵入させていく。

「――っ！」

湯上がりのはずなのに、彼の舌はひどく冷たい。

無意識に肩を跳ねさせる乃々香に構わず、享介は口内を蹂躙(じゅうりん)していく。

上顎(うわあご)を撫でた彼の舌が、乃々香の歯を一つ一つ撫でる。そうかと思ったら、自分の口内へ誘い込んだ舌を強く吸ったり噛んだりした。その刺激に、乃々香の思考が甘く蕩(とろ)けていく。

渇いた喉が水を求めるように、彼を求めてしまう。

――この人が欲しくてしょうがない。

いつの間にか、享介の肌の温もりを当然のものとして感じるようになっていた乃々香は、彼にとっても自分の存在がそうであってほしいと願う。その思いを伝えたくて、自分から彼の舌に舌を絡めた。

そんな態度が享介の欲望をさらに煽るのか、口内で蠢く舌が一層熱を帯びる。貪欲にお互いの存在を求め、舌を絡め合っていると、享介の手が乃々香の胸の膨らみに触れた。

「……っ」

浴衣の薄い布越しに、柔らかな膨らみを掬い上げるようにして、そのままやわやわと揉みしだいていく。

ただそれだけの刺激でも乃々香の胸は高鳴り、臍の裏側にムズムズとした熱が生じた。その熱をやり過ごそうと、乃々香が腰を僅かにくねらせる。すると享介はそれを咎めるように、親指の腹で彼女の胸の先端を押し潰した。

「あぁぁあっ」

硬く敏感になっていた場所で、くるくると弧を描くように指を動かされると、乃々香の喉の奥から甘い吐息が漏れた。

「硬くなってるよ」

わかっていることを、改めて指摘されると急に恥ずかしくなる。

「言わないでください」

乃々香は恥ずかしさから背中を丸めて、上目遣いに睨む。

でも潤んだ眼差しで詰ったところで、享介にはねだられているようにしか聞こえないことを、乃々香も承知している。

　そしてその予想どおり、彼は少し意地悪な笑みを浮かべて囁いた。

「俺に触れられて、乃々香の体がどう変化するのか知ってほしくて教えているんだよ」

「……っ」

　意地悪な囁きにも感じてしまう自分は、どこかおかしいのかもしれない。だけどそんな不安は、もっと彼を感じて彼に気持ち良くしてもらいたいという淫らな女の欲望に、簡単にねじ伏せられてしまう。

　享介はそんな乃々香の考えを理解しているのか、しっかりと視線を重ねたまま、浴衣の隙間から手を滑り込ませてきた。

　下着をつけていない無防備な胸に、彼の手が直に触れる。

　その刺激に、拒むつもりはなくとも体が緊張してしまう。思わずといった感じで腰をくねらせた乃々香が、ソファーから落ちそうになる。すかさず享介は、もう一方の腕で乃々香の体を支えた。

　そうして乃々香の安全を確保すると共に、自分の腕の中に囲い込み、逃げられないようにする。

　まるで自分の存在を刻み付けるみたいに、胸に強く指を食い込ませた。柔らかな肌が引きつれ、鈍い痛みを感じる。

すぐに解放された胸にホッと息を吐くが、享介はすぐにまた指を食い込ませてきた。

そうやって緩急をつけながら胸の弾力を楽しんでいた手は、次に指先で胸の先端だけを摘まんで引っぱったり、それを胸の中へ押し込んできたりする。

思うままに乃々香の胸を弄ぶ享介の息遣いが荒くなっていく。

彼の好きにされている乃々香も、その熱に翻弄されて呼吸を乱し、身悶えてしまう。

そんな姿を、享介が熱っぽい眼差しで見つめてきた。

「ほら、乃々香のここが、俺に触られて硬くなってきた」

乃々香の胸の先端を刺激しながら享介が囁いてくる。

「そ、そんなこと……」

慌てて否定する乃々香を、享介が視線で嘲る。

彼にそんな視線を向けられてひどく恥ずかしいのに、下腹部が疼く。

彼の視線に欲情している自分を暴かれて、身を捩って逃げ出そうとした。

だけど享介はそれを許さない。

「だめだよ、もっといやらしい乃々香を見せて」

甘えるような声で囁く享介は、乃々香の胸の先端を強く摘まんでコリコリとねじった。

その刺激に、乃々香は背中を弓形にして喘ぐ。

「あぁっ」

「ここでこのまま俺に貫かれるのと、ベッドでゆっくり愛し合うのと、どっちがいい？」

享介が耳朶を甘噛みしながら囁く。それと同時に、胸を愛撫していた手で、はだけた浴衣から覗く太ももを撫でた。

いやらしくももを這う手が、乃々香の臀部を撫でる。その指が下着の中に忍び込んできた。

指で肌をくすぐられる感覚に、ジリジリと焦らされるような緊張を覚えた。

「ベッド……で」

さすがに、ホテルのソファーで行為に及ぶことには抵抗を覚える。それで後者を選んだのだが、何故か享介は嬉しそうに口角を持ち上げた。

「わかった」

ゾクリとするほど色気のある声で囁いた彼は、乃々香を軽々と抱き上げて続き間の寝室へと運ぶ。

乃々香を運んだ享介は、宝物を置くようにベッドへ横たわらせ、そのまま乃々香の上に覆いかぶさってきた。

「乃々香が望むとおり、ベッドでゆっくり愛し合おう」

これは乃々香が望んだ結果だと言いたげに、享介が囁く。

「ちが……」

なんだか、まんまと彼の誘導にはめられたようで腑に落ちない。

でも自分に向けられる慈しみに溢れた眼差しに、確かにそれが自分の望んだことのように思えてくる。

「愛してる。俺の全てを捧げるから、一緒に生きてくれ」

乃々香の愛を乞いながら、享介が唇を重ねてくる。

「ん……ッ」

触れるだけの口付けはすぐに激しくなり、享介は乱暴に乃々香の口の中を蹂躙する。

さっき以上に執拗に舌を絡められ、乃々香は苦しげな息を漏らした。しかしその反応が、さらに彼の欲情を煽ったかのように、より一層深く口付けてくる。

絡み付く舌に苦しげな息を吐く乃々香の舌を、享介は強く吸って自分の口内に誘う。

痛いくらいに舌を吸われ、チリリとした痺れを感じた。

その刺激が愛おしくて、乃々香は自分から彼の舌に舌を絡めていく。

互いの舌を絡め合い、舌を伝って口内に流れ込む彼の唾液を嚥下する。

彼の全てが愛おしくて、きつく背中に腕を回す。その抱擁に応えるように、享介はベッドに広がる彼女の髪を指に絡めた。

髪を絡めた手を軽く引かれて、自然と乃々香の首が反る。享介はそこに唇を寄せた。

唾液を絡めた舌が首筋を這う感触に、乃々香は熱い息を吐く。

首筋や耳朶を食むねっとりとした舌の感触に、どうしようもなく息が乱れていく。浅い呼吸を繰り返して彼に身を任せているうちに、腰に蕩けるような熱が溜まってきた。いつの間にか、細い帯で留めているだけの浴衣は大きくはだけ、今や裸を隠す役割を果たさなくなっている。

「……っ」

享介は軽く上体を浮かせて、もどかしげに帯を解いて浴衣を脱ぐと、乃々香の浴衣も脱がし、下肢を撫でるようにして下着も脱がせていく。

「ヤァ……っ」

乃々香としては、明るい場所で彼に肌を晒すことが、どうしても恥ずかしい。咄嗟に胸を隠そうとして腕を動かすと、享介にその手を取られて頭上に縫い留められてしまう。

そうされることでより強調することになる胸の膨らみに、享介の吐息がかかる。

「乃々香の全部を見せて」

囁く享介は、先ほどの愛撫ですでに硬く尖っている胸の頂を口に含んだ。

「――っ」

ぬるりとした口内の感触を胸の頂で感じ、鮮烈な刺激に息を呑む。

胸の先端を唾液で濡れた舌でくすぐられる。それだけでももどかしいのに、舌で撫でられた箇所を強く吸われると、チリチリとした痺れが走る。

じゅるりと音を立て、ねちっこく舌を絡めていく享介は、空いている方の手でもう片方の乳房をやわやわと揉みしだく。

愛撫されているのは胸だけなのに、体全体が疼いてしまう。

「あんっ……ぁ……っ」

桜色の乳輪をなぞるようにねっとりと舌が這う感触に、堪らず乃々香が熱い息を吐くと、上目遣いで視線を向けられる。

乃々香と視線が合うと、彼は軽く顔を浮かせて舌の存在を見せつけるように胸を嬲り始めた。

「ヤァ……ぁ」

わざとねちっこい水音を立てて胸をしゃぶる姿は卑猥で、ひどく艶めかしい。

堪らず視線を逸らそうとするけれど、「ほら、ちゃんと見て」と享介に甘い声で命じられ、抗うことができない。

肌への刺激と淫靡な水音、それだけでも十分恥ずかしいのに、視覚でも彼を意識させられて、体の奥の疼きが強くなる。

乃々香の全てを理解し、その全てを愛してくれている享介が、彼女のそんな変化に気付かないわけがない。

彼女からさらなる官能の熱を引き出そうと肌に舌を這わせていく。

「あぁ……あっ……ッき……亨介さ……ん、だ……」

彼の唾液でぬるりと光る胸が、どうしようもなく恥ずかしい。それなのに、自分の体の奥からじわじわと蜜が溢れてくるのがわかる。

——恥ずかしいのに……

我慢できずに脚を擦り合わせると、すかさず亨介が唾液でふやけた彼女の胸の頂を甘噛みした。

その刺激に、乃々香は強く目を閉じて身悶える。

その隙に、胸を愛撫していた手が下肢へ移動する。

「乃々香のここ、いやらしい蜜でぐっしょり濡れているよ」

「——ッ」

直接的な言葉に、乃々香の頬に紅がさす。

それでいて体の奥からはその言葉を証明するように新たな蜜が滴り、彼の指を汚してしまう。

亨介はその反応を指で感じとり、意地悪な笑みを浮かべる。

そしてそのまま、指で乃々香の肉芽を転がした。

「きゃっ！」

ダイレクトに敏感な場所を擦られ、乃々香は脚をバタつかせて身悶えた。

亨介はその反応が気に入ったのか、人差し指と中指をピッタリくっつけて肉芽の上で前後に動かし始める。

「あぁっ――っぁっ……」

蜜を絡めた指が前後に動く感覚は、肉芽を擦られたり、挿入されたりした時とは異なる刺激を乃々香に与える。

クチュクチュと淫らな水音を立てて擦られる感触に、羞恥と快楽が混ざり合ってなにも考えられなくなっていく。

乃々香が踵を滑らせながら身悶えていると、亨介の指が乃々香の中へと沈み込んできた。

「あぁぁぁっ」

沈み込んでくる指の感触に、乃々香は背中を反らせて喘いだ。

自分の内側を満たしていく卑猥な刺激で、脊髄に甘い痺れが走っていく。

亨介は乃々香の耳元に舌を這わせ、耳朶をしゃぶりながら問いかける。

「気持ちいい？」

「……」

そう聞かれても、羞恥心から答えられない。視線を落として黙り込む。

享介はそんな反応も楽しんでいる様子で、内側から容赦なく乃々香の性感帯を刺激してくる。

「乃々香の体は、素直に俺の指を気持ちいいって言ってる。……ほら、乃々香の中がどんどん解れて濡れていくのがわかるだろ」

そう囁いて、二本の指が乃々香の中で妖しく蠢く。

敏感な媚肉を擦り上げられ、下半身が蕩けてしまいそうになる。

「あぁぁぁっ」

態度でどれだけ恥ずかしがっても、体は素直に彼を歓迎して快楽に溺れていく。

膣内でバラバラな動きをする彼の指が、否応なく乃々香を翻弄する。

彼の指が動く度に、内膜がクニュクニュと収縮してさらなる刺激をねだっているようだ。

「乃々香の中がヒクヒクして、俺のものを欲しがってる。わかるだろ?」

そう言って耳朶を甘噛みされると、言葉の代わりに膣が彼のものを締め付ける。

「……っん」

膣をひくつかせて甘い息を吐く乃々香を見れば、言葉など必要ない。

なのに享介は、指や舌だけでなく言葉でも乃々香を追いつめてくる。

「わかる？　入ってすぐのこの辺りが湾曲していて、俺のものに擦られると、乃々香の中が強く締まるんだよ」

そう言いながら、享介は沈めている指を動かし、乃々香の臍の裏側あたりを擦っていく。

「ふぁぁ……ぁ」

指で膣を擦られ、乃々香は鼻から抜けるような甘い声を上げ、腰を震わせる。

彼の言葉には、乃々香を淫らに酔わせる魔力があるのだろうか。自分の感じる場所を言葉にされると、それを強く意識し、より一層強く彼の存在を感じてしまう。

五感の全てが支配され、乃々香はその存在に溺れていくように身悶えて体を弛緩させる。

乃々香がくたりと脱力している中、上体を起こした享介が彼女の膝を割り開く。

蜜を滴らせた陰唇がくぱりと開いて、そこに空気を感じた乃々香が身を震わせる。

享介がそこに顔を寄せるのがわかり、乃々香はシーツの上で踵を滑らせて悶えた。

指で陰唇を押し広げた享介は、伸ばした舌で襞を一枚一枚丁寧にしゃぶっていく。

「あっ……くぅう…………ッ」

舌が割れ目を這う感覚に、乃々香はシーツを掴んで耐える。

ねっとりと唾液を絡めた彼の舌が、普段は空気に触れることもない秘すべき場所を侵していく。

ぬるぬると蠢く舌の感触は、指とは異なる柔軟性で乃々香の媚肉に吸い付き、蕩けるような熱を与える。

「ん……っ……ぁっ」

享介が媚肉をしゃぶる音に重なるように、乃々香の甘くぐもった声が室内を満たしていく。

達したばかりでひどく敏感になっているそこは、彼の舌に弄られて淫らな蜜を溢れさせ、シーツにシミを作る。

ねっとりとした舌で肉芽を転がされ、秘部に口を密着させて吸われると、乃々香の視界に閃光が走った。

「キャッゥ」

不意打ちの強い刺激に、踵をシーツに滑らせてもがいた。

脊髄を甘い痺れが貫き、腰がカクカクと震える。

これ以上はもう無理だと伝えたくて、彼の頭を押してその思いを伝えるけれど、享介はより熱っぽく乃々香の敏感な核を愛撫していく。

——おかしくなる……

ぼんやりした意識で浅い呼吸を繰り返しながら、自分の下肢に顔を埋める享介へ視線を向けた。

身も心も彼に支配され、なにも考えられなくなる。

乃々香が腰を小刻みに痙攣させていると、享介がやっとそこから唇を離してくれた。互いの愛液に汚れた口を、享介は脱ぎ捨てた浴衣の裾で拭うと、乃々香に唇を重ねてくる。悦楽に沈む体は、条件反射のように彼の舌を求めてしまう。

浅ましいほど激しく互いを求め合い、彼の舌から解放されても、腰はその余韻に疼いて震えている。

「享介さ……っん、……もうッ無……理で……早っ」

これ以上はもう我慢できないと、はしたなくねだってしまう。

「そんな目で俺を見るのはずるいな」

潤んだ眼差しで懇願する乃々香の頬を撫で、享介が苦しそうに呟く。

「……っ！」

どういう意味かと考える間もなく、享介は乃々香を抱きしめたまま体を反転させた。

自然と、乃々香が彼の体に覆いかぶさる形になる。

「もっと乃々香を虐めたかったのに、俺が我慢できなくなる」

胸の上で脱力している乃々香の腰を掴んで、享介が言う。

逞しい彼の腕で上半身を起こされ、バランスを取るために享介をまたぐと、臀部の割れ目に彼の屹立が触れた。

男の欲望を滾らせて熱をはらむものに、陰唇がヒクヒクと震えてしまう。

女の本能が、その灼熱で突かれることを欲している。

そんな乃々香の内心を見透かしたように、享介が乃々香の髪を優しく掻き上げて命じた。

「乃々香のいいように動いて」

「……っ」

乃々香にとって、夜の営みは享介に身を任せることが常なので、そう言われてもすぐに動くことができない。

お風呂の浮力を借りてこれに近い体位で行為に至ったことはあるが、あの時も主導権は享介が握っていた。

だからこんなふうに、快楽の途中で放置されると途方に暮れてしまう。

頼りない表情を見せる乃々香の臀部を撫でながら、享介が囁く。

「欲しがったのはお前だ」

そう言われてしまうと、返す言葉が見つからない。

その間も臀部には彼の灼熱を感じていて、臍の裏が淫靡な刺激をねだってうずうずしている。

「……っ」

彼を求めてしまうのは本能に近い感覚で、抑えられる衝動ではないのだ。

彼にまたがったまま見つめ合うこと数秒、乃々香は意を決して、おずおずと腰を浮かせた。つーっと、彼の肌と密着していた淫部から透明の糸が引く。

それを自覚しつつさらに腰を浮かせると、享介が自分のものに手を添えて彼女を迎える準備をしている。

「っ……あぁ」

徐々に腰を下ろしていくと、蜜に濡れた陰唇に彼の熱を感じた。

熱く熟(う)れたその場所に彼の熱杭を収めるように腰を沈めていくと、脊髄(せきずい)にビリビリとした痺(しび)れが駆け上っていく。

「……っ」

湧き上がってくるもどかしい痺(しび)れに、享介の胸に爪を立てて悶(もだ)える。

享介は乃々香の細い腰を掴み、自分のものが呑み込まれていく感覚に熱い息を吐く。

「ほら、もっと深く俺を感じて」

熱く掠れた享介の声に導かれるように、乃々香は腰を沈めていく。

「アァ――あッ！」

慣れない体勢で彼を受け入れ、乃々香は背中を反(そ)らして喘(あえ)いだ。

彼のものを受け入れた膣が喜びで収縮し、ドロドロと愛液を溢(あふ)れさせていく。密着させた脚の付け根でそれを感じていると、享介が熱い息を漏らした。

乃々香の中で一際濃厚な存在感を放っているものに圧倒され、堪らず彼の胸に倒れ込みそうになる。けれど、享介はそれを許さない。

「ダメだ。……ほら、こうやって腰を動かして、自分で自分の感じる場所を探すんだ」

今にも崩れそうな腰と肩を支えられて命じられる間も、びくびくと膣を収縮させて彼のものを締めつけてしまう。

脱力すれば、享介のものが壁の最奥に触れた。不意に弱い場所を突かれ、乃々香は腰を震わせる。

「あぁ……」

「早く腰を動かしてごらん」

悦楽に滲んだ思考で享介に命じられると、それは絶対に従わなければいけないことのように思えてくる。

切ない息を吐いて、乃々香は引き締まった彼の胸板に手を突いて体を起こすと、ゆらゆらと腰を動かし始めた。

膝を使って軽く腰を浮かせて、すぐに体を沈めた。愛液が潤滑油となり、彼のものが乃々香の膣壁をズルリと擦る。その気持ちよさに腰を捩って喘いだ。

不慣れな角度での行為に、未知の世界の扉をこじ開けられていくような錯覚を覚える。

「ん……やぁ………あっ」

逞しく屹立した彼のものが、襞を擦って最奥を突く。それと同時に、蜜で滑る肉芽にも刺激が走った。

無心で腰を動かし、全身で彼の存在を感じることで、甘い痺れが乃々香を包んでいく。

強すぎる快楽に息苦しさを覚えるのに、体の奥はさらなる刺激を欲して熱くうねってしまう。

短い吐息を漏らし、快楽を貪るように乃々香が腰を動かしていると、享介が乃々香の体を支えていた手を揺れる彼女の乳房へ移動させた。

胸を鷲掴みにされて驚く乃々香に、享介が熱に浮かされたような掠れ声で告げる。

「こうすると、乃々香の中が締まる」

そう言いながら両手で胸を揉みしだかれ、快楽が乃々香の全身を包んでいく。

彼を感じたいし、彼に自分を感じてほしい。

そんな思いで、乃々香が懸命に腰を動かすと、柔らかな胸がたぷりと揺れる。享介はその膨らみを、強弱をつけながらさらに激しく揉みしだく。

狂おしいほどの快楽に乃々香の奥が締まり、彼のものを強く締め付ける。

その刺激に、乃々香は全身を雷に打たれたような衝撃を覚えた。

「あぁっ」

腰がカクカクと震えて、腕から力が抜けていく。

甘い息を吐いて脱力した乃々香を受け止め、享介は再び体を反転させて彼女をベッドに押さえつける。

「いった？」

そう問いかけられて、乃々香は素直に頷く。

享介は上体を起こし、脱力した乃々香の片脚を持ち上げて自分の肩にかけた。

「あっ」

「まだ俺は満足していないよ」

享介は低い声で告げると、そのまま乃々香の中へ一気に昂りを沈めてくる。

「あぁ……ぁ」

勢いよく突き入れられた剛直に、乃々香は全身を戦慄かせた。

享介も、「クッ」と苦しげな息を漏らす。

初めての角度での挿入に、乃々香の意識は悦楽に染まる。

乃々香を求める享介の眼差しは、野性的な荒々しさがあって心が震えてしまう。

「乃々香の中、ヒクヒクと痙攣している」

そう告げて、享介は強く腰を突き動かしてくる。

愛液でふやけきった乃々香の膣は、激しい抽送にじゅぷじゅぷと淫靡な水音を立てていく。

彼がどう腰を動かしても感じてしまい、乃々香の奥は痙攣を繰り返し、彼のものを強く締め付けた。

「あん、享介……さん、もう……ダァ………」

何度も達したのに、さらなる快楽に追い詰められ、乃々香は朦朧とした意識の中で享介の名前を呼ぶ。

「そんな目で見るのはずるいと教えただろ」

困ったような声で囁く享介は乃々香の脚を肩から下ろした。しかし、すぐに彼女の腰と肩を掴んで一層激しく腰を打ち付けてくる。

「あっぁぁあっ……ぁっ」

乱暴なほど強く体を揺さぶられ、乃々香は背中を反らせて喘いだ。

その甘くくぐもった声に煽られたように、彼はさらに激しく腰を打ち付けてきた。

意識がぼんやりし、自分が快楽を与えられているのか、苦痛を与えられているのかわからなくなってくる。

乃々香がもがくように腕を伸ばすと、享介はそれに応えるように彼女を抱きしめて腰を突き動かしていく。

乃々香は彼の背中に爪を立て、熱い息を吐いた。

彼の鼓動を肌で感じて胸に充足感が満ちてくる。そして、彼を深く愛しているのだと再認識した。

「享介さっ……もう……」

乃々香は彼を抱きしめる腕に力を込めて、限界を訴えた。

「ああ、俺もさすがに限界だ」

苦しげに息を吐く享介は、激しく腰を揺り動かす。

勢いを増した抽送に乃々香の膣が痛いほど締まり、彼のものに絡みつく。次の瞬間、

「クッ」と喉を鳴らした享介が、自分の熱を吐き出した。

勢いよく放たれた彼の熱に、乃々香の奥が甘く痺れていく。

絶頂を迎えて脱力する乃々香の体を解放した享介は、彼女の中から自身を抜き去り、

乃々香の体の汚れを拭うと強く抱きしめてくる。

「愛してる」

心からの愛おしさを込めた享介の声に、乃々香は頷き返す。

「私も、愛してます」

それに口付けで返した享介は、乃々香の腹部を優しく撫でた。

「不思議なものだな」

乃々香のお腹に手を添えた享介が、しみじみとした口調で呟く。

「……？」

「自由に気楽に生きていきたかったはずなのに、今の俺は、乃々香を守るだけでなく、守るものがもっと欲しいと思っている。しかもそんな自分の変化が、楽しくてしょうがない。これが結婚したってことなんだろうな」

早く子供が授かるようにと祈るような彼の手に、乃々香もそっと自分の手を重ねる。

もし二人の間に子供が生まれたら、さぞやんちゃな子になることだろう。

その子が自由に自分の人生を切り開いていけるように、もっと強くならなくてはいけない。

両親もそんなことを考えながら自分を育ててくれたのだろうか……

そう思うと、自分のこれまでの人生全てが愛おしくなる。

「愛しています」

言葉にし尽くせない想いは、その言葉に集約される。

自分を愛してくれた享介も、いつか生まれてくる二人の子供も、目一杯、思うままに生きていけるように支えるために、乃々香は強くありたいと思うのだった。

エピローグ　星降る場所で永遠の愛を誓う

二月吉日。結婚式場の大理石の廊下で、乃々香は隣に立つ伯父の盛隆の顔を見上げた。父親に代わり、バージンロードを共に歩く大役を任された伯父は、ひどく緊張しているらしく、何度もネクタイの結び目を確認している。

それでも乃々香の視線に気付くと、目尻に皺を寄せて笑った。

「色々悪かったな」

伯父が口にした『色々』とは、伯母であった和奏との怒涛の離婚騒動で、乃々香と享介の式の予定がなかなか立てられなかったことを言っているのだろう。

離婚に向けて様々なことを調べていくうちに、伯母が木崎家の貯蓄をかなり使い込んでいただけでなく、リベートを受けるために病院職員の話し合いにも介入していたことがわかった。

職員からすれば、夫人が元看護師でそれなりの知識があることと、感情の起伏が激しい彼女に睨まれては仕事を続けていけないという怖れから無下にもできず、気が付けば言いなりという状況に陥ってしまった。

目を逸らしていた現状を把握した伯父や祖父は、業務改善に取り組み、近く拓実も帰ってくる予定だ。伯母と共に木崎の家を出た莉緒のその後については、あまりいい噂を聞かないが、伯父も拓実も、成人した責任ある大人である以上、自分の力で生きていくべきだと考えているようだ。

そしてMKメディカルも、当初とは違った形ではあるが木崎総合病院とのパイプを得て、智史は新たなビジネスチャンスのために日々奔走している。その姿を見た社員の中から、智史を次代のリーダーとして認める声も上がり始めているという。

そういった諸々の状況が落ち着くのを待って日取りを決めたため、享介と乃々香の挙式は、彼の唐突なプロポーズを受けてから半年の時間が過ぎていた。

「今日は、忙しい中ありがとう」

三國家との食事会の日以来、どこか吹っ切れた様子の伯父は、拓実とも話し合いを重ねながら、木崎総合病院の舵取りをしているそうだ。

そんな忙しい中、自分たちの結婚を祝福するために駆けつけてくれたことに心からのお礼を告げると、伯父は目頭を押さえる。

目の奥から込み上げてくる熱いものをやり過ごした伯父は、潤んだ瞳で乃々香を見つめてしみじみとした声で言った。

「こうやっていると、お前のお母さんの結婚式の日のことを思い出すよ」

二十数年前の母の結婚式の日も、急なオペのために駆けつけることのできなかった祖父に代わり、伯父がバージンロードを歩く母の隣を歩いたのだという。

自分の知らない在りし日の母の思い出話に、乃々香がそっと目を細めた時、扉の向こうから厳かな音楽が流れ始めた。

「お時間です」

かたわらに控えていた式場のスタッフが、乃々香と伯父に声をかけると、一呼吸置いて勢いよく扉を開いた。

扉の内側は演出のために照明が落とされていて、祭壇へ伸びるバージンロードが白く浮かび上がって見える。会場の床や壁にはプロジェクションマッピングで、柔らかな光の泡が煌めいている。

乃々香たちが一歩足を進めるごとに足元から光の泡が生まれ、彼女の進む道を教えるかのようにバージンロードの先で待つ新郎のもとへと流れていく。

そんな幻想的な演出の中、一歩一歩前へ進んでいくと、この日を待ちかねていたといった様子の享介が微笑んで、乃々香に手を差し伸べてきた。

乃々香は伯父の肘に両手を添えて感謝の思いを伝えると、差し出された享介の手を取る。

その瞬間、プロジェクションマッピングで映し出されたシャンパンゴールドの光が盛大に跳ねて拡散し、周囲を徐々に明るく染め上げていく。

凝った演出に驚きつつ周囲を見渡せば、自分たちの結婚を祝福するために駆けつけてくれた多くの人たちの顔が浮かび上がってくる。

親戚や友人だけでなく、享介の仕事関係者や乃々香の上司の田渕や同僚の里奈もいて、誰もが晴れやかな表情をこちらに向け、二人の門出を祝福している。

その光景を目にしただけでも、これまでの苦労の全てが報われたような気持ちになったが、夢のように幸せなこの瞬間も二人で歩んでいく人生の通過点にすぎない。

「行こう」

割れんばかりの拍手の中、享介が乃々香の手を引いて祭壇へ進む。

彼に導かれて神父の前に立った乃々香は、享介と向き合い、軽く膝を屈める。

享介が顔にかかったベールを持ち上げると、濃紺の闇が残る天井に、さっき弾けたシャンパンゴールドの光が星のように瞬いているのが見えた。

「俺をこの場所に導いてくれてありがとう」

ベールを捲る享介は、一瞬だけ祝福してくれる人たちへと視線を走らせ、その眺めを噛み締めるようにして囁く。

お礼を言うのは自分の方だ。

「享介さんが、私をここに連れてきてくれたんです」

咄嗟(とっさ)にそう返すけれど、享介は軽く首を横に振った。

彼のその表情を見て、多くの人に祝福されるこの瞬間は二人で歩んできた結果なのだと気付いた。

「愛してる。君に俺の人生の全てを捧げる」

神父の言葉を待たず、享介の口から誓いの言葉が溢(あふ)れる。

その言葉に微笑んで、乃々香も返す。

「私もです」

言葉にしなくても互いに承知している想いを、敢えて言葉にして伝え合う。

そうすることで、これ以上は深まらないと思っていた愛情をさらに深く感じるのだから不思議だ。

視線を重ねお互いへの想いを確認するように小さく頷くと、改めて生涯の誓いをするために祭壇の前に立つ神父へと向き合う。

書き下ろし番外編

それぞれのその後

四月、企画会議が長引いていつもより帰りが遅くなった乃々香は、手早く帰り支度を済ませてソレイユ・キッチンのオフィスを出た。

そのまま足早にエレベーターに向かうと、その前で元上司の田渕と鉢合わせした。

「チーフ、お久しぶりです」

同じ会社に勤めていて少々変な挨拶ではあるが、乃々香が享介と結婚した二年後、業績好調なソレイユ・キッチンは事業拡大に伴いオフィスを移した。

その際、乃々香は別部署に異動になったこともあり、最近、田渕と顔を合わせる機会がなかった。

「やあ、水谷さん、忙しいみたいだね。噂は色々聞いているよ」

三國乃々香になって三年になるが、乃々香は今でも職場では水谷姓を通しているので、田渕は今も変わらず乃々香を『水谷』と呼ぶ。

先にエレベーター待ちをしていた田渕は、ちょうど到着したエレベーターの扉を押さえて乃々香に先に乗るよう促してくれる。

「噂って、悪い噂ですか？」

その気遣いにお礼を告げてエレベーターに乗り込んだ乃々香は、思わずといった感じで聞く。

ソレイユ・キッチンに就職して五年、それなりにキャリアを積んで、会社に貢献できているつもりではあるが、新人の頃から知っている田渕に言われると、妙にドキドキしてしまう。

乃々香に続いてエレベーターに乗り込んできた田渕は、おかしそうに笑う。

「いい噂に決まってるだろ。この前のミーティングで、今野さんに『水谷さんを手離してくれてありがとう』って、お礼を言われたよ」

田渕が言う今野とは、乃々香の今の上司のことだ。

少しキツい印象のある女性で、めったに部下を褒めない人なので、陰で自分を褒めていてくれたのだと知るとすごく嬉しい。

「そうなんですね」

わかりやすく表情を綻ばせる乃々香を見て、田渕も表情を綻ばせる。

「僕としても水谷さんを手離すのは惜しかったんだけど、タイミング的にもキャリア的にも、ちょうどいいと思ってね」

「ありがとうございます。おかげで、仕事でも私生活でも、充実した日々を送らせていただいてます」

「それはよかった」

そんな会話を交わしていると、エレベーターが一階に到着した。

利用する路線が違う田渕とはオフィスビルの前で別れて、乃々香は家路を急いだ。


「ただいま」

享介と暮らすマンションに戻った乃々香は、そっと扉を開けて小声で言う。

するとリビングのソファーに座る享介が、人差し指を唇に添えて目配せだけで『おかえり』の挨拶をする。

傍らのベビーラックでは、二人の息子である湊翔がすやすやと眠っている。

今日は享介が保育園のお迎えを担当してくれたのだけど、帰ってきて少し遊んでから寝てしまったようだ。

リビングの広い床には、湊翔の玩具が散らばっている。

読みかけの雑誌を手に近づいてきた享介は、小さな声で「今寝たところ」と、教えてくれた。

そして手にしていた雑誌を手近な棚に載せて、乃々香の鞄を預かってくれる。

チラリと視線を向けると、享介が読んでいたのはビジネス誌で、見出しに『ＭＫメディカルの若き指導者、三國智史に問う』といった見出しが見えた。

享介退社後、徐々に自信と実力を付けてＭＫメディカルの新体制の舵取りをしてきた兄の智史は、最近では経済界の注目株だという。

木崎総合病院も、拓実が戻り、祖父と伯父と共に改革を進めている。

そんな忙しい中でも、湊翔の祝い事には必ず駆けつけてくれていることに、享介も感謝している。

「三十分くらいしたら起こすね。その間に玩具を片付けておくよ」

妊娠がわかった後も仕事を続けたいと話した乃々香の意見を尊重し、子育てに協力的な享介は、色々心得てくれているので助かる。

「ありがとう」

お礼を言って、乃々香は上着を脱いでキッチンに向かう。

そのまま冷凍庫から食材を取り出して、調理の準備を始める。

享介と自分には、冷凍食品の唐揚げを利用して酢豚ならぬ酢鶏をメインに、中華テイストのサラダを作り、湊翔にはソレイユ・キッチンのベビーフードを解凍するつもりだ。

「ママの手作りだね」

片付けを済ませてキッチンに来た享介が、エプロンを着けて冷凍食品を湯煎する乃々香の手元を見て言う。

彼がそんなふうに表現するのは、このベビーフードが、企画から乃々香が手がけた商品だからである。

妊娠がわかったのと同時期に、ソレイユ・キッチンのオフィス移転と事業拡大が決まった。

その際、新規事業としてベビーフードの分野にも進出することとなり、乃々香から妊娠の報告を受けていた田渕が乃々香にそちらの部署への異動を勧めてくれたのだった。

現役ママのリアルな意見を反映できるのは強みになるという田渕の言葉に背中を押され、今はベビーフード部門のアシスタントチーフを務めている。

田渕の読みは正解で、子育て中の乃々香の意見は的を射ているらしく、企画が色々採用されていて、売り上げも好調である。

そのためいつも忙しくしていて、享介に家事や育児の協力をお願いすることも多いのだけど、彼がそれを嫌がることはない。

逆に時間をうまくやりくりして、率先的に子育てに参加してくれている。

その時間を確保するために、『社会勉強』を口実に、共同経営者である荒川をパーティーに行かせることも増えているらしいので、そういった華やかな場所が苦手な彼には少々気の毒な話である。

ただ、本当に彼では難しそうな席にはちゃんと享介が赴いているので、その辺のバランスは考えているようだ。

「彩りも綺麗だし、簡単に準備できるからいいよね」

小鍋の中で温められているパウチを見て、享介が言う。

今日の湊翔の夕食は、ジャガイモのポタージュと、ペースト状のほうれん草のおひたしだ。

享介が言うとおり、このくらいの頃は一度の食事の量が少ないので、毎回手作りで準備するのはなかなか手間がかかる。

その都度きちんと用意するママさんを尊敬するけれど、会社勤めの乃々香には困難だし、そう思っている人は他にもいるはず。

だから冷凍食品を活用することに後ろめたい気持ちを持たないよう、見た目の色彩や食品の鮮度や安全性にはかなり気を配っている。

湊翔に食べさせているのは、まだペースト状の食品ばかりだけど、これから成長に合わせて、ソレイユ・キッチンの色々なご飯を食べさせるのが楽しみだ。

「忙しくて毎日の手作りは無理でも、子供には栄養のバランスを考えたものを食べさせてあげたいって思うのは、どのママさんも一緒なんですよね」

産地や食品の鮮度にこだわっているソレイユ・キッチンのベビーフードの売り上げが

好調なのは、そういうことだ。

湯煎している小鍋の火加減を調整して、乃々香は、大人の分の食事の準備をする。

背後では、享介が食器の準備をしてくれる音がする。

乃々香の行動を先読みして、さりげなく作業を手伝ってくれる享介の存在が心地よい。

「そういえば今日の会議で、夏のベビーフードのメニューを相談したんです」

乃々香の言葉に、享介が「気が早いね」と笑う。

確かに乃々香も、新人の頃はそんなふうに感じていた。

でも気が付けば、以前田渕が言っていたとおり、セミの鳴き声が聞こえる頃にはハロウィンメニューを考え、夏季休暇を取る頃にはクリスマスメニューの心配をするようになっている。

それだけ、今の仕事に自分が馴染んでいるということだ。

「来年の湊翔にどんなものを食べさせたいか、そんなことを想像しながら企画を出していると、すごくワクワクしてきます」

今回行ったのは、一、二歳の子供を対象にした商品会議だった。

だから、今年はまだ自分の息子に食べさせることはない。それでも、どこかの誰かが、乃々香が考えたメニューを食べてくれるのだと思うと嬉しい。

「ウチの奥さんの手料理が、たくさんの人を幸せにしていると思うと、夫として誇らしいよ」

そんなことを言いながら、享介が乃々香の腰に腕を絡めてきた。

だけど別に、乃々香が一つ一つのベビーフードを作っているわけではない。

そのことを指摘したところで、妻に甘い彼は別の言葉で自分を褒めてくれる。それが気恥ずかしい乃々香は、さらりと話題を変える。

「そういえば、お義兄さん、雑誌の取材を受けたんですね」

話題を変えるついでに、調理の邪魔になるので享介の腕を解く。

「まあ、ウチの兄貴は、やればできる子だから」

結婚して子供が生まれて、随分丸くなったが、兄に対して皮肉屋なところは相変わらずである。

彼らしい発言に、つい笑ってしまう。

「ちなみに、君の夫もやればできる子だと思わない？」

そんなことを言いながら、享介が再び腰に腕を絡めてくる。

「……？」

なにが言いたいのだろう。

作業の手を止めて、乃々香は体を捻って彼を見上げた。

すると享介は、乃々香の頬に口付けをして甘えた声で言う。

「今すぐとは言わないけど、俺としては、湊翔をひとりっ子にしたくない」

つまり、育児に協力するから、子供を作ろうという話だ。

「いいですね」

そう応えて、乃々香から享介の唇にキスをする。

乃々香に、彼の希望を拒む気はない。

仕事と子育ての両立はすごく大変だけど、自分には支えてくれる家族がいるのだ。

なにより乃々香にとって、享介と家族として過ごす時間は、かけがえのないひと時なのだから、この先、どんなことがあっても乗り越えていく自信がある。

「私も、享介さんとの子供が欲しいです」

乃々香のその言葉に、享介が嬉しそうに微笑んで口付けを返す。

「でも乃々香に似た女の子だと、変な虫がつかないか心配だな」

乃々香がした唇を触れさせるだけの軽い口付けではなく、濃厚な大人のそれを交わした後で享介が言う。

「なんの心配をしているんですか？」

生まれる前からかなりの親バカな彼の発言に、つい笑ってしまう。

「本気だよ。俺が日々、どれくらい乃々香を他の男に取られないか心配しているのを、わかってないだろう」

享介は、乃々香のその態度に少しムッとした口調で返してまた唇を重ねてくる。

そのついでに彼の手が少々いかがわしい動きを始めた時、リビングのベビーラックで寝ていた湊翔がむずがる声を上げた。

「あいつは俺に似て独占欲が強いから、ママを独り占めしている俺に怒ったみたいだ」

最初はふにゃふにゃとした声が泣き声に変わると、享介は苦笑してリビングに引き返していく。

そして安全ベルトを外して湊翔を抱き上げる。

その姿をキッチンのカウンター越しに見守りながら、乃々香は調理を再開する。

家族のために食事の準備をしていると、よく自分の母のことを思い出す。

不慮の事故で早くに亡くなってしまったけれど、こうやって家族のために食事の準備をしていると、一緒に暮らしていた頃、母がどれだけ幸せな日々を送っていたのかがわかる。

享介と結婚して、子供を産まなければ忘れていたままになっていたかもしれない幾つもの記憶が、彼との暮らしの中で蘇る度、泣きたいほどの充足感を覚える。

不意に目頭が熱くなるのを玉ねぎのせいにして、乃々香は調理を続けた。

そして夕飯の準備が終わると、テーブルに料理が並ぶのを見て、享介が湊翔を連れてきてくれた。

享介に抱かれる湊翔は、すでに彼によく似た我の強そうな目をしている。

きっと将来は、享介によく似たやんちゃな子に育つことだろう。

母親の身としては、少々大変な気もするが、不思議とそれが楽しみで仕方ない。

腰をかがめて息子をベビーチェアに座らせる享介の頬にキスをする。

「幸せな日常をありがとうございます」

そうお礼を言う乃々香に、享介は蕩けるような微笑みを浮かべて「俺の方こそありがとう」と返してくれた。

恋愛小説「エタニティブックス」の人気作を漫画化!
EC
Eternity COMICS
[漫画]
Carawey
[原作]
冬野まゆ
不埒な社長は
いばら姫に恋をする
ピク
ん…っ
あっ
私…っ
パサ
きて…
尚樹さん…っ
大企業の技術開発部に勤める寿々花は、家柄も容姿もトップレベルの令嬢ながら研究一筋の数学オタク。自分には恋愛は無縁…と、なんの期待もしていなかった。ところがある日、そんな寿々花の日常が一変。強烈な魅力を放つＩＴ会社社長の尚樹と出会った瞬間、抗いがたい甘美な引力に絡め取られて——!?
B6判　定価：704円（10%税込）　ISBN 978-4-434-31631-9
[漫画] Carawey
[原作] 冬野まゆ
不埒な社長は
いばら姫に恋をする
描きおろし番外編収録!!
目眩がするほどとろける愛

恋愛小説「エタニティブックス」の人気作を漫画化！
EC Eternity COMICS
史上最高のラブ・リベンジ
漫画 フブキ楓 原作 冬野まゆ
その二人に
はっ…あっ…ああ 私も…
ダメ…っ…んん…
ダメじゃないよ
結婚を約束した彼との幸せな未来を夢見る絵梨（えり）。ところが、ようやく迎えた婚約披露の日、彼の隣で笑っていたのは何故か自分の後輩だった！　絵梨はどん底まで突き落とされたが、思いがけない転機が訪れる。なんと、偶然知り合った謎のイケメン、雅翔（まさと）から、元カレたちへの“復讐”を提案されたのだ。戸惑う絵梨だったが、気付けば雅翔のペース。彼のおかげで本来の美しさを引き出された絵梨は周囲からも注目を集めるように。しかも雅翔は、会うたび恋人のように甘くて…
B6判　定価：704円（10%税込）　ISBN 978-4-434-28985-9
史上最高のラブ・リベンジ
フブキ楓
冬野まゆ
極上イケメン現る!?
復讐劇の結末は
特濃ラブ

EB エタニティ文庫

どん底からの逆転ロマンス！

エタニティ文庫・赤

史上最高のラブ・リベンジ

冬野（とうの）まゆ　　装丁イラスト／浅島ヨシユキ

文庫本／定価：704円（10% 税込）

結婚を約束した彼との幸せな未来を夢見る絵梨（えり）。ところが念願の婚約披露の日、彼の隣にいたのは別の女性だった。人生はまさにどん底――そんな絵梨の前に、彼らへの復讐を提案するイケメンが現れた！　気付けばデートへ連れ出され、甘く強引に本来の美しさを引き出されていき……

※エタニティブックスは大人の女性のための恋愛小説レーベルです。ロゴマークの色で性描写の有無を判断することができます（赤・一定以上の性描写あり、ロゼ・性描写あり、白・性描写なし）。

詳しくは公式サイトにてご確認ください。
https://eternity.alphapolis.co.jp/

本書は、2022年8月当社より単行本として刊行されたものに、書き下ろしを加えて文庫化したものです。


この作品に対する皆様のご意見・ご感想をお待ちしております。

おハガキ・お手紙は以下の宛先にお送りください。

【宛先】

〒150-6019 東京都渋谷区恵比寿4-20-3 恵比寿ｶﾞｰﾃﾞﾝﾌﾟﾚｲｽﾀﾜｰ 19F
（株）アルファポリス　書籍感想係

メールフォームでのご意見・ご感想は右のＱＲコードから、
あるいは以下のワードで検索をかけてください。

ご感想はこちらから

エタニティ文庫

今日から貴方の妻になります～俺様御曹司と契約からはじめる溺愛婚～

冬野まゆ

2025年4月15日初版発行

文庫編集－熊澤菜々子・大木 瞳
編集長－倉持真理
発行者－梶本雄介
発行所－株式会社アルファポリス
〒150-6019 東京都渋谷区恵比寿4-20-3 恵比寿ｶﾞｰﾃﾞﾝﾌﾟﾚｲｽﾀﾜｰ19F
TEL 03-6277-1601（営業）　03-6277-1602（編集）
URL https://www.alphapolis.co.jp/
発売元－株式会社星雲社（共同出版社・流通責任出版社）
〒112-0005 東京都文京区水道1-3-30
TEL 03-3868-3275
装丁イラスト－つきのおまめ
装丁デザイン－AFTERGLOW
（レーベルフォーマットデザイン－hive&co.,ltd.）
印刷－中央精版印刷株式会社

価格はカバーに表示されてあります。

落丁乱丁の場合はアルファポリスまでご連絡ください。

送料は小社負担でお取り替えします。


ISBN978-4-434-35613-1 C0193